高学歴エリート女はダメですか

山口真由

まえがき

「将来の夢はお嫁さん」

保育園の七夕祭りの短冊にそう願い事を書いたのは、あきなちゃんというかわいい女の子だった。

「将来の夢はウシ」

これは私の短冊。食べるのが大好きだったから。食べ終わるのが残念でたまらなかったから。食べ終わったものを、胃から戻して、もう一度、咀嚼できるという牛さんは「なりたい職業」No.1だった。

「お嫁さんなんて、野球選手とかアイドルとかと並べて『夢』っていうほどのこと？　普通すぎるじゃん」。当時の私は、確かに思った。小学校に入る前から私には「野心」があった。それは女としての野心ではなくて、人間としての野心だったのだ。私は、人生に対してとことん欲張って生きると決めていた。その野心の向かう先がウシさんですかと問われれば、なんとも答えようがないのだけれど、とにかく、食べることに貪欲な子どもであったことは間違いない。その野心の結果はどうだろう？　あきなちゃんは、きっと誰かのお嫁さんになっていると思う。子どももいるだろうって気がする。一方の私は、もちろん、ウシにはなれなかった。人間のままである。お嫁さんにもなれていない。37歳、独身のままでもある。普通のことと軽んじた「お嫁さんになる」ことを、普通にこなせていない。そんな今の私を見て、「ウシさんになる」という野望を抱いた当時の私は、なにを思うのだろう。

高学歴エリート女たちはキャリアに対して猪突猛進する。私の場合、20代は仕事だけでいっぱいいっぱいだった。30代で留学したら勉強でいっぱいいっぱいになった。常に、自分のキャパシティを超えるなにかに挑むために背伸びし続けてきた。時間にも自分にも余裕がなくて、相手に優しくすることもできなかった。

が同時に、高学歴エリート女たちは、ときとして恋に夢見る乙女でもある。理性的で合理的な仮面をかぶっているが、その実、恋愛に対しては現実離れした妄想を抱いていたりもする。それぞれが「運命の人」を定められて生まれてきたのだろうなんて思ってみちゃったりして、ね。何度失恋を重ねても、次の恋では「運命の人」に出会うと信じたりもする。

だが、偏差値の高い女の恋愛偏差値は、多くの場合、決して高くない。焦らしでも、転がしでもなく、私の場合には「神頼み」の一択。恋に落ちたとたんに、教養に富んだシニカルなウィットはなりをひそめ、私は超受身の超弱気の超退屈な女に変身する。ひたすらに相手からの連絡を待ち焦がれながらも、自分からは決して誘わない。断られるのが怖すぎるから。メッセージからハートマークを削る。「偏差値高いくせにメッセージがアホっぽい」とか思われるのは、死ぬほど恥ずかしいから。積極的な行動といえば、「どうか彼が振り向いてくれますように」と恋愛成就で知られる神社に祈願するくらい。今のところご利益はない。

そして、稚拙な恋愛テクに比して、仕事の能力はそれなりに高い。だから「時間がない」という相手に、「オンライン会議システムでも使って会う?」と持ち掛けてみたりする。12枚の長い手紙を書いて、最後に「あ〜、こんな長い手紙迷惑だろうなぁ」と思いつつ、「ページ番号を振って読みやすくしよう」みたいな発想に至る。

常にがんばっているのである。常に闘っているのである。だが、その方向が真逆だったりする。というわけで、高学歴エリート女であった私は、結局、仕事に生きるキャリアウーマンとしての姿勢を維持しつつも、恋に生きるオンナへの憧れを消しきれず、中途半端な状態で、常に悶々としている。

小学校に入る前から、女の立ち位置というのは相当程度決まっているような気がする。「将来の夢はお嫁さん」と書くか、「将来の夢はウシ」と書くか、ここが女の分かれ道。いや、ウシは極端な例だけど。

女というのはグラデーションなのである。端っこは中性的、反対の端っこはとことんオンナ。生まれつき、または、人生のかなり早い時期に端っこにポジショニングできる人たちがいる。これは決して美醜の問題ではない、念のため。年齢も関係ない。いくつになっても、オンナはオンナである。逆に、あなたがどれほど美人でも、それだけでオンナ側とは限らない。

「『男』と『女』の二つしかないみたいな書き方いいのかな？　今って、もっといっぱいいろいろな性自認があるんじゃなかったっけ？」みたいなことを、ちらっとでも考えてしまったあなた。すごく聡明だと思います。でも、そういうことを考えてしまう人は、オンナ向きではないかもしれません。

そう、高学歴エリート女の多くは、このポジショニングがへたっぴぃである。

「男か女かわからないよね」とかいわれるのはやだよね？　床屋で髪は切らないよね？　ばりばり働いていたら髭はえてきた気がするとか、ちょっとそこまではできないかな――と思っている。だからって、バレンタインデーのたびにチョコを買いまくって社内をまわるとか、飲み会でのボディタッチとか、いい年しての語尾上げとかつけまとか、ああいうのもイタイよね？　とも思っている。

　そうやって、女のグラデーションの間をこっちの極にもあっちの極にも振り切ることができないまま、振り子のように行ったり来たりすることになる。

　よくよく物事を考える私たちは、できるだけ客観的であろうとする私たちは、恥という概念を知る私たちは、しかし、世の中の複雑さを受け止めてしまうがために、どちらかというと割を食う。単純に、オンナとしての人生を謳歌することができない。そう考えると、振り切れた人たちが、ややうらやましい。だけど、実際、そうなりたいわけでもない。ねぇ、ひたすらモヤモヤしませんか？

　この本は、あなたのそのモヤモヤを解決はしません。ウソの約束はしないことにしてるの。だけど、それでもそんなあなたに向けた本です。こうなったら、とことんモヤモヤしてみませんか？

　考えても仕方ないことを考えているのかもしれない。でもね、世の中は決して単純ではないと気づく繊細な知性と、その複雑さを理解したいと願う共感の翼――それ自体が私たちの価値ではないかと思うのです。

Ⅲ　女の価値　Complex

Ⅳ　結婚と制度　Marriage institution

Ⅴ　世のうねり　Social movement

I

恋愛

Love

私は松居一代のことを笑えない

「マツイ棒」まで使ってお掃除する女って怖くない？

「いや〜、こんなきれいなお姉さんと飲めて」

「お姉さんって年でもないですけど……」

「そうだね。もう、おばさんか」

カウンターで冷えた日本酒を飲みながら、私より8つ年上の男は軽く笑う。自分で卑下する分には何の問題もないことが、他人からあえて口にされることで刺さるように感じる。続けて彼はいう。

「その倫理観とか、常識とか、この人に自分の子どもを育ててほしいって、そう思って、僕は結婚した」

そっか。なるほど。結婚ってそういうものなんだ。なんとなく、自分が結婚できない理由がわかった気がする。そっか。私の倫理観、私の常識――それに自分の子どもを託そうと思う人っていないだろうな。なんか、自分で納得、うん。

（なんで私は普通のことをちゃんとできないんだろう？）

家に帰って、なんだかとても惨めな気持ちになる。私の人生はこのまま平坦に続いていくのかもしれない。年老いたときに、パートナーを持たず、子どももいないことを、私はきっと寂しいと思うのだろう。自分の人生が曲がり角から下り坂に差し掛かり、ゆるゆると老いを迎えるときに、若く昇っていく存在が身近にあることが、どれだけ希望になるのだろう。

考え事をしたからか、暑さのせいか眠れない……。

「そうだ、松居一代のＹｏｕＴｕｂｅ投稿を見よう」と思いつく。

近ごろ、日本の多くの人がこの新しいユーチューバーから目を離せずにいる。正直、私はこの人がかわいそうだと思う。「夫に未練はない」という言葉が、これほど未練たらたらに響いたことが、かつてあっただろうか。自分で資産を増やす賢い女性が、愚かな姿をさらして日本中の笑い者になって。

うちの妹は、百歩譲って船越英一郎が不倫をし、ここ数年松居一代がそれに耐えていたとしても、松居一代と結婚した15年超を耐え続けた船越英一郎のほうがかわいそうだという。

確かに、そうかもね。っていうか、なんでこの人と結婚したんだろうね。こうなる前から、そういう傾向はあったよね、この人には。お掃除の仕方とかめっちゃ怖いしね。あんな隙間まで「マツイ棒」とかで掃除する人、めっちゃ怖くないですか？

この人といると疲れるだろうという気はする。前にテレビで観たけど、彼女は常に何かをしている。朝起きた瞬間から、時間を最大限活用しようとする。何かせずにはいられないのだ。自分の能力の限りを尽くして闘う以外の選択肢を持たないのだ。待ったほうがいい、距離を置いたほうがいい、一歩下がって冷静になろう、そういう発想をすることができない。

ベッキーだって、「ゲス不倫」といわれて大きなスキャンダルに巻き込まれたとき、その大きな黒い雲が頭上を通り過ぎていくのを静かに待つことはできなかった。会見を開き、「週刊文春」に直筆でお詫びの手紙を書き……。

スタジオジブリの『魔女の宅急便』の中で、主人公の新米魔女キキが魔法の力を失う場面がある。相棒のクロネコのジジと会話することができない。箒《ほうき》に乗って空を飛べなくなったキキは、自分の魔法の力の象徴を失った。そして、自分のアイデンティティを見失ったように途方に暮れる。つい偶然いきかかった絵描きのウルスラに、もし絵を描けなくなったらどうするのかを切実に問う。

「描くのをやめる。散歩をしたり、景色を見たり、昼寝をしたり、何もしない。そのうち急に描きたくなるんだよ」

これがウルスラの言葉だった。そして、幼い頃にこの映画を観た私は、この言葉になぜか涙がぽろぽろこぼれたものだ。もしかしたら、私はそのときから、自分自身が「何もしない」女には決してなれないことを知っていたのかもしれない。

世の中には「何もしない」ことができる人とできない人がいる。そして、ハイスペック女子は、多くの場合、後者だ。がんばることに慣れすぎている。がんばらないことが一番難しい。

長い勉強の歴史の中で、私はたびたびスランプに陥ってきたけれど、そのたびに、あらゆる努力で乗り越えてきた。すべての扉をがむしゃらに叩き続け、開けようとトライし続けた。そのうち、いずれかのドアが開き、その向こうに続く道が、必ず私をスランプから救いだしてくれた。

嵐が過ぎ去るのを黙って待つことが、私にはできそうにない。

別れ話をしたら12枚の手紙を書いてくる女ってめっちゃ怖くない？

あるとき、私は遠距離恋愛をしていた彼からＬＩＮＥで別れを告げられた。

「話したいことがあるんだ」

そうか、もしかしたら、いや、たぶん。そうか。でも、そうなのだろう。そうだよね。話はやはりそういうことだった。彼は私とは別れたいそうだ。「とにかく会って話そう」といっても、「会いたくない」と、もはや取りつく島もなかった。

とにかく、私は打ちひしがれた。ううん、打ちひしがれたなんて言葉が割に合わないくらい、消耗しきってしまった。一晩中眠れなくても、それでも朝がくると仕事に行かなければならない。

「だいじょうぶだから。だいじょぶ、だいじょぶ。うん、だいじょうぶ」

寝つけない超早朝に、一人の部屋で自分にゆっくりといい聞かせていると、また、涙がぽろぽろとこぼれてきた。そのまま、あふれてくる感情がほぐれて乱れてぐっちゃぐっちゃになった何色もの糸のように、心の中で絡まりまくり、私は前に進めなくなった。このままじゃ、きっと今日は仕事にならないだろう。

だから、私は書くことにした。

昔から私は書く。感情があふれて自分の思考がぐっちゃぐっちゃになったときに、とにかく書く。無心で手を動かす。何かをしないと、私は一歩も前に進めないのだ。

パソコンでワードを立ち上げて、文章を打ち込む。感情があふれているときの文章は、支離滅裂かつ意味不明。とりあえずなんでもいい。打って打って打って打って打ちまくる。そうすると、心の中にたまったものが少しずつ体外に排出されていく。そうやって、私は少しずつ落ち着きを取り戻し、次にすべきことを秩序だって考えられるようになる（もとい、このときはなったと思い込んだ）。

打ち尽くしたとこらへんで、ようやく、まともな文章が書けそうな気がしてきた。さっきからずっとずーっと彼のことを考えていて、恨みもつらみも、ごめんねも、いろいろな言葉が頭の中を渦巻いている。だから、私は、次のステップとして、それを彼に対する手紙として編集することにした。

また、あふれてきた涙をぬぐい、ついでに鼻をかむ。そして、10本の指を濡れティッシュで丁寧にぬぐう。とたんにまた悲しくなる。彼は、若干、潔癖症の気があって、特に汚れた指で何かを触ることを嫌った。一度、スルメを食べた指で、彼のパソコンを触ったら、激しくご不興を買った。それ以来、私はパソコンを触る前に十指を拭くのが習い性となった。

「パソコンを触る前に指を丹念に洗う癖がつきました。これから同じことを繰り返すたびに、きっと私は思い出すでしょう。私の生活の中に残る痕跡が、今はとても切ないけど、時間が経てばすごく愛しいと思えるようになると思う……」

うんぬんかんぬん……パソコンで手紙を書き終えた後は、やっぱ思いを伝えるには手書きでしょうと、それを清書する。渾身の手紙は、なんと便箋12枚に及ぶ。便箋が足りなくなることを見越して、途中からは表裏作戦を決行。手紙を書き上げた私は、その足で駅前広場の郵便局まで行って、切手を買って投函した。熱に浮かされたように一連の行動を終えたときには数時間が経過していた。久しぶりに手書きで何枚も手紙を書いたので、受験勉強時代に作った中指のペンダコがジンジンした。

それでも私は、何かを成し遂げた気持ちだった。今から仕事に行けば、なんとか間に合うだろう。ふーっ。じとっと悲しみに暮れるより、行動を起こすことで問題は解決するはず。

「出し～た手紙は、今朝ポストに～舞い戻った～」♪

だからこそ、数日後に、自分の家のポストで自分の書いた渾身の手紙を見つけたときには、その数日間張り詰めていた気持ちのタガが外れそうになる。彼はどう反応するだろう、彼はなんていってくるだろうと、その緊張だけが私を支えていたのだ。

手紙が舞い戻ってきた原因は、差出人の位置に彼の、宛先の位置に私の住所と名前を書いてしまったから。

（私は、普通のことをきちんとこなすことができない……）

暑い夏の日に仕事から歩いて帰ってきて、張り詰めていた緊張が行き場をなくし、笑いたいのか泣きたいのか。とにかくシャワーを浴びて汗を流し、それからビールをぐびっと一缶飲み干した。コクーン。

　そして、手紙をびりびりに破いた。びりっびりっ。破りながら、どんどん爽快な気持ちになっていった。

「これでいいのだ！」

　後日、友達にこの話をしたら、真顔で諭された。

「その手紙、戻ってきて本当によかったよ。もし届いてたらどん引きだよ、まじで」

　あっそう……とにかく、私は何かをせずにはいられない。どん引きされようと裏表で合計12枚の手紙を書かずにはいられない。それで、「12枚もあって読みにくいかも」って思ったら、手紙を出すのを躊躇《ちゅうちょ》するよりは、むしろ手紙の右下にナンバリングしちゃうタイプ。（1）〜（12）って。これなら読みやすいでしょ的な。

　私は、何かをしていたい。常に、自分が前だと思う方向に進んでいたい。結果、ジグザグになって壁にぶつかりまくっても、私は全力で進み続けたい。そうすることしかできないから。

　だから、私は松居一代に同情すると同時に、こんな人といたら疲れるだろうなというのも理解する。

帰り際に、「私に自分の子どもを託そうと思う人が今のところいないとしたら、それはなんで？」と思い切って尋ねた私に、冒頭の男性はこういった。

「う～ん……。自分の弱みを見せたがらないじゃん？　自分の弱さをさらけ出せない人って、本当は強くないのかなって」

まじ？　こんなに今さらけ出してるのに、まだ足りないの？　次はどんだけ恥ずかしい話をさらせばいいの？　勘弁してよ、もう（笑）。

跳べないハードルはない！
と思ってきたけれど

東大女子は「女子」ではない!?

私が東大と慶應に合格したとき、東大に進学すると母にいったら、「もしかしたら慶應のほうがいいかもよ?」とちょっと不安げだった。けれど、そんな母の憂慮なんて気にも留めずに、私は東大に進むことを決める。

私がはじめて母が何を心配していたか思い当たったのは、新入生歓迎のイベントでのことだった。

「東大男子３０００円、東大女子２０００円、他大女子１０００円」と料金を要求されたときに、私は愕然《がくぜん》とした。「男子」にも「女子」にも属さない特殊な分類の中に、自分が置かれてしまったように思えたから。ここで、私は、私自身の「女性としての価値」を、はじめて思い知らされることになる。

「東大には女子が少ないからモテるでしょ？」

と聞かれることがあるが、決してそんなことはない。

東大には、東大サークルよりも、「インターカレッジ・サークル」、略して「インカレサークル」のほうが多い。「インターカレッジ」というのは、「大学の垣根を越えて」という意味なので、東大以外にも他の大学が参加するということ。実際には、東大の「男子」たちのほかに、東京女子大学（東女《とんじょ》）、日本女子大学（本女《ぽんじょ》）、白百合女子大学（白百合《しらゆり》）など、女子大の「女子」たちが参加するサークルを意味すると、大学に入って早々に知る。後に、「東大のサークルは、東大の男の子と女子大の女の子の出会いのための場」と聞いて、妙に納得した。

先ほどお話しした、東大女子だけ料金設定が高い理由については、「東大男子と女子大の出会いのためのサークルに、東大女子が入ってきたら雰囲気が壊れるので、あえて入りにくくしている」と、真顔でいわれた経験がある。あながち、冗談ではないのかもしれない。東大のテニスサークルは全部で１００を超えるくらいバラエティに富んでいるのに、東大女子が入ることができるものは、当時、３つしかなかった。

東大に通う男の子にとっては、私大のかわいい女の子を彼女にするのがひとつのステイタスだったし、逆に、女子大の女の子たちにとっては、なかでは比較的ダサくない東大の男の子を彼氏に持つのが、いいこととされていた。そして、そこには「結婚」というゴールがちらついていたことも確かだった。

小倉千加子の『結婚の条件』（朝日文庫、２００７年）という名著によれば、昔から「上昇婚」が、女子のゴールとされていたらしい。美しい女子が、自分よりも学歴も経済力も上の男性と結婚する——これが誰もがめでたいと祝う「よい結婚」とされるなら、大学時代から「結婚」をゴールに据えた男女の付き合いも同じ構図をとるのは自然だった。そして、そこに東大女子の居場所はない。

ハイスペ女子最強の学歴＝慶應ガール

ただ、これは何も別に「東大女子」だけが味わってきた屈辱ではない。

国立市に位置する一橋大学も、近くに津田塾大学という女子大がある。一橋と津田塾の関係は、東大とトンジョ、ポンジョの関係と同じだと、一橋に通う高校時代のクラスメイトは語る。

「新歓の勧誘に行ったら、すごいきれいな人たちがいっぱいいてびっくりしちゃった。聞いたら、津田塾だって。でも、きれいなのも当たり前よねぇ。私たちが勉強している時間を全部、美容に割いてたんでしょ」

なんて差別的!! まあ、半分以上は嫉妬だろう。高学歴女子と女子大の女子の間には、お互いにあまり面白くないと思う気持ちがあるのかもしれない。

「ねぇ、同じクラスの○○君、トンジョの彼女を妊娠させちゃって、在学中に結婚することにしたらしいよ。だけど、彼女のご両親は大喜びだってさ」

と、私たち東大女子の間では、ほんとかうそかもわからない意地の悪いうわさが立つこともあった。

ところが、東大、一橋、早稲田をはじめ、高学歴女子たちは押しなべて女子としての価値を下げる中で、ひとつ例外がある。それが慶應だったのだ。高学歴と女子力をバランスよく保持するという意味で、慶應の右に出る大学はない。東大のミスコンは「怖いもの見たさのミス東大」とバカにされることも多かった。一方、「ミス慶應」だけは別格の扱いを受け、アナウンサーの登竜門にもなっている。

「慶應に進学したほうがいいという母のアドバイスは、こういう意味だったのか」と、私は、そのとき悟った（いや、大学じゃなくて、本人の資質でしょ！）。

「飲み会だけ？　なにそれ女郎じゃん」

一方で、弱小サークルの中には、東大女子だろうとなんだろうと、とにかく女子の頭数をそろえようとするところもあった。「僕たちサッカーサークルなんだけど、女の子は、普段の練習は来なくてよくて、飲み会さえ来てくれればいいから」と、熱心に声をかけてきたサークルもある。

けれど、男女の差がない受験競争を勝ち上がってきた東大女子たちの中には、そういう「飲みサークル」に入るのはよくないという雰囲気があったように思う。そのとき、一緒に声をかけられた東大の女友達は、

「飲み会だけ？　なにそれ女郎じゃん」

と切り捨てた。

「女郎」っていうのも、ずいぶんな言葉だよね？　語彙が多いのか、それとも、江戸時代からタイムスリップしてきたのか？　東大の私たちにとっては、現代風俗よりも、日本史のほうがなじみが深かったのかもしれない。「飲み会だけでいいなんて、なんか女の子扱いされてる感じが嬉しい」と思った私。でも、まさかそれを口に出せる雰囲気ではなかったの。

モテ女子と一流ビジネスマンの意外な共通点

鈍い男子に一瞬で「いい子」と思わせるテクニック

私の知り合いの中には、さしてかわいくもなく生まれたことに諦念を抱かずに、「いい子」路線に活路を見出す子がいる。世の中には男目線のいい子と、女目線のいい子がいる。その中でも、徹底して、「男目線のいい子」を追求できるタイプである。

男目線のいい子になるためには、やや過剰な演出が必要になる。だいたい、私たち女がいう本当のいい子なんていうのは、人を押しのけて前に出るわけでもなく、目立たないことが多い。鈍感で知られる男たちが、その子の優しさに気づくはずがない。

さらに、中学校時代は女同士、男同士でつるむ場合が多い。日常的に接する女同士とは違って、一瞬しかコミュニケーションしない男子たちに「いい子」と印象づけるためには、やはり、ある程度の過剰さが必要なのだと思う。

ところが、この過剰演出を妨害するのが、思春期の日本の同調圧力ではないか。

たとえば、中学生のときの英語の授業で、「こうやってネイティブっぽい発音を真似ると調子乗ってるって思われるかなぁ」と思って、まわりの目を気にし、過剰なほどの日本語調で、英文を棒読みしたことがないだろうか。

「こういうことするとぶりっ子って思われるかなぁ」。校庭の隅で延々と自問を繰り返すだけで、校庭の中央で談笑する選手たちに飲み物を配ったりできないタイプの人たち、まわりの目を気にしすぎて行動がとれなくなる、「気にしすぎて、気がつかない」タイプの人間に、私もなってしまった。

こういう同調圧力をものともせず、一瞬の機会を逃さずに、自分を印象づけるのは、アメリカの一流ビジネスマンに通じる。

「エレベーターピッチ」という言葉をご存じだろうか。

エレベーターの中で、取引先の重役や投資会社の社長に会ったとき、アメリカのビジネスマンは、そこで自分やその事業を、相手に明確に印象づけるためのプレゼンテーションをするらしい。相手がエレベーターを降りる前のわずか30秒。この時間が、人生を分けるかもしれない。この一瞬のチャンスのために備えており、訓練していること——これこそが一流の証だろう。

同調圧力に負けないワールドクラスの度胸

そう考えると、同調圧力に負けず、チャンスある限り自分を印象づける子というのは、確かに一流だ。

私の友人の中にも、この手の肝の据わった子がいる。

たとえば、競技会の前に、学校全体の掲示板に

「選手たちがplayしているのを、私たちチアリーダーはprayしながら見ています」

と書き込むとかね。選手たちのプレイを、pray、つまり、祈るような気持ちで見ていますということらしい。

空気を読んで、「出る杭」にならないようにするのは、同調圧力の中で思春期を過ごした日本人たちの悪い癖だろう。そんなものを打ち破るだけの度胸を持っている子たちは、グローバルスタンダードの女性ともいえる。

そして、もうひとつ、男性に対する「甘え」というのも、そうした演出のひとつかもしれない。かわいい子よりもいい子を選びたいと自負する男たちは、プライドが高く、純朴な東大生の中には、意外と多い。しっかり者の彼女が、自分にだけは甘えてくるというのは、たまらないツボだろう。

たとえば、私の友人の中には、やや過剰な甘えまで、きちんと演出できる子がいる。

東大の学食で、友人と会った。手招きされたので、友人とその彼氏の向かいに座る。友人のトレイの上にはハンバーグと付け合わせのサラダ。サラダには、キャベツの中にコーンとグリンピースが交ざっていた。友人がまずやったのは、サラダに交ぜられたコーンとグリンピースをより出して、隣の彼氏のお皿にぽんぽんとのせていくことだ。

「これ、食べられないもんな」

まったくかわいいヤツめと、彼氏が目を細める。私はなんか、若干、いたたまれなくなる。給食は残しちゃいけないという時代に育った私は、今でもグリンピースは噛まずに飲み込む。やや過剰に見える甘えを、恥ずかしげもなく演じられるかどうかが、女を分けるのかもしれない。

実際、この友人はモテる。

私が、この子と偶然に再会したのは、お正月休みで帰省する途中、新千歳空港から札幌に向かう汽車を待つホームだった。北海道生まれの私たちは、ＪＲのことを汽車と呼ぶ。ホームで汽車を待っていた私は、東京で暮らす友人の姿を見かけて驚いた。横浜出身のこの子が、お正月に北海道にいるはずがない。理由はすぐにわかった。イケメンの男の子が、彼女を迎えに来ていたから。聞けば、北大に通う学生だという。どういうきっかけで付き合うことになったのかはわからないが、1回か2回しか会わなくても、そのあるかないかの瞬間にすべてを賭けて自分を印象づけるのは、アメリカの一流ビジネスマンのテクニックに通じる。仕事とモテの基本技能は、同じなのかもしれない。

で、私は、彼女とその彼氏と一緒に札幌に向かうことになった。ここでも学ぶことは多かった。彼女の気さくで妹的な甘え演出は健在だったのだから。

札幌の冬は道路が凍る。慣れない本州の人たちは、滑って転んで尻もちをついてしまう。

彼女は上目遣いで彼を見ていう。

「ここにいる1週間の間、お互い転ばないって約束なの。転んだら、１００円奢りねって」

まったくかわいいヤツめと、彼氏が目を細める。私にとっては、既視感が半端ない。

「君は慣れてないから、きっと転んじゃうよ～。靴もスパイクついてないし」

彼女は頬を膨らませて抗議する。昭和のドラマみたいで、見てるこっちが気恥ずかしいが、そういうのを気にしないのはワールドクラスの度胸ゆえだ。

「○○君のコートのポケットに手を入れて歩くからだいじょうぶ！　私が転んだら、○○君も転んじゃうんだから」

はい！　そこ！　北国の子どもたちの常識に反するから。ポケットに手を入れて歩いちゃいけないって、小学生のときに習ったから。寒さに負けてポケットに手を入れていた場合、転んでもすぐに手が出ない。それで顔を打つ危険があるから、どんなに寒くても手袋を履いて、手を出して歩かなくてはならない。ちなみに、私たちは手袋を「はめる」ではなくて、「履く」という。母がいうには「靴と同じくらい、必需品だから」だそうだ。

親切心から、私は、

「手はコートのポケットに入れないで、出しておいたほうがいいよ」

とアドバイスをした。恋する二人の心にはまったく届いていないようだった。まったくこれが「老婆心」というやつなのだろう。

瞬時に自分を印象づけるための、ある程度の過剰さというのは、モテであれビジネスであれ、必須テクニックなのだ。

図々しく誘ってくる女、
断られてもものともしない男

唐突なランチの設定は十中八九、お願い事である

先日、数か月前に1回ランチをしたきりのみえちゃんからメッセージをもらった。弁護士になったばかりの年下の女の子だ。

「7月の第2週の週末に一度ランチをお願いします」

へー。なんか、ランチが当然設定されることを前提としたメッセージに、若干当惑する。

数か月前の日曜の昼下がり、私は恵比寿のレストランでごはんを食べていた。スタイリストのなおちゃん、若手取締役の竹下さん、そしてみえちゃんが一緒である。

若手取締役竹下さんが、「みえちゃんは、がんばり屋さんですごくいい子だから」と、その子を誘ったのだ。10分遅れて現れた彼女は、前髪まできれいにカールさせて、ばっちりとお化粧していた。私の横に座ったなおちゃんは、長い首を優雅にもたげ、耳につけた大きなピアスを揺らしながら、私にささやいた。

「あのみえちゃんって子、東大時代に1週間だけ竹下さんの会社でインターンしたんですって。相当なやり手よね」

わかる……。インターンとはいっても、大きな会社なのだから日常的に取締役と接することはない。純粋にいい子であれば、取締役の記憶に残ることもないだろう。それでも、「がんばり屋さんですごくいい子」と印象づけるには、やや誇張した演技が必要で、そこには必ず計算があろうことは、前に書いたとおりだ。

そのみえちゃんから、数か月ぶりにメールをもらった。ごはんに行った直後には音沙汰がなかったのだから、もっと話がしたいとか、ウマが合いそうとか、そういうノリでないことは予想がつく。十中八九、こういう場合にはお願い事なのだ。こういうケースの場合、誘いの時点では、それを明らかにせずにあたかも旧交を温めたいがごとくで、こちらが楽しみにしていった当のランチの最後のほうで、実は勧誘だか転職だかの用事であることが判明し、興ざめすることが多い。

7月の第2週の週末は、偶然にも予定が詰まっていて、空きがなかった。それでそう伝えると……その後、いっさいの音沙汰がない。

「それは残念です。また次回お願いします♪」

なんて1秒もかけずに、予測変換だけで打てそうなメッセージもいっさい来ない。

女からの誘いは図々しい。

前も、別の知り合いのさきちゃんから「まゆちゃんの本が、御茶ノ水の丸善で平積みになってたよ」と唐突にメールが来た。聞けば、自分でフラワーアレンジメントの会社を起業したらしい。「昔からすごくモテて、年収４０００万円以上の人とか、何人も付き合ってといわれた」と豪語しており、横に座ったその子の女友達かなちゃんから「そのわりに前の旦那が超平凡じゃん」と突っ込まれると、「私のことを、好きで好きでたまらないみたいな人が、一番幸せになれるかなって思ったの」と返し、さらに「結局、子連れで離婚したじゃん」と、再度、かなちゃんから突っ込まれてた。っていうか、さきちゃんもすごいけど、かなちゃんもすごすぎる。

で、そのさきちゃんからのとってつけたような急なメールの後、案の定「ランチ行こう」と突然誘われた。そのころ、ちょうどバタバタしていたのでその旨を返したのだけど、その後、いっさい音沙汰がない。

別の知り合いのゆうこさんは、「私たち働く女は……」が口癖で、一方的な連帯意識を押しつけてくるのが苦手だった。えー、だって、私がいうのもなんだけど、ゆうこさんって働いてないんだもん。確か、どっかの女子大を出た後、知り合いの会社を手伝って、その後仕事を辞めて語学留学とかじゃなかったっけな？ にもかかわらず、前の旦那にとって彼女は「ハイスペックすぎて」離婚することになったということになっている。

だから、「ハイスペ女子って大変だよね？ 男に理解されないよね？ まゆちゃん、モテないでしょ？」と、やたらと私に同情的。正直、余計なお世話である。彼女の場合には、「7月の第2週の火曜か木曜のランチ」とか「私が出やすいのは広尾」とか（↑っていうか、働く女子が平日ランチ指定します？ かつ、広尾って日比谷線しか通ってないじゃん？ 出やすいとかありえます？）、細かい条件をつけてくる。

ハイスペ女子を誘ってくる女たちは、一様に自信満々で自分が誘えば相手がＯＫするのは当然と思っている生き物のようだ。

断られても断られても、無限ループで食い下がる

誘いを断られることなんてありえないと思っている女に対して、ハイスペ女子を誘ってくる男は、誘いを断られて当然と思っている。こちらはこちらで、同様にめんどくさい。というか、もはや怖い。

私の個人的な経験上、ハイスペ女子を誘ってくるのは、だいたい3種類くらいしか存在し

ない。

（1）自信過剰男

だけど、心の中では自信がないのかも。そのアンバランスさゆえ、ハイスペ女子にマウンティングしがち。一部の人は、ほぼ自分の話しかしないうえに、聞き手が盛り上げてくれて当然と思っている。

（2）脳みそまで筋肉になってそうな体育会系

多くはハイスペ女子に興味なし。なのに、なんのコンプレックスか知らんけど、そのうち一部はハイスペ女子が好きらしい。スポーツの話でもしてりゃいいのに、そういう男に限って賢《さか》しらな態度をとる。教養がないため、社会的背景や歴史的事実の認識に事実誤認が多すぎで、突っ込まずに黙って聞くのが困難。

（3）おじさん

ハイスペ女子を相手に、自分のほうが世間を知っているとの優越感を持っている。たとえ、それが事実だとしても、ま、そりゃ、長く生きてれば当然だろうよとばかり、ハイスペ女子からは、必ずしも尊敬されていない。昔の自慢話が多い。内容をまともに聞くとイライラするので、早めに酔っぱらって、まったく聞かずに5分に1回「すご～い」といえるだけテンションを上げなくてはならない。パターンは概ねこんな感じ。

どっかで会う↓

「今度、またごはんでも」みたいな連絡が来て、社交辞令だろうくらいに思って「そうですね」と調子を合わせる↓

「○月○日空いてますか?」と具体的な日付を出してくる。この段階で「その日は空いてません」と断る↓

しばらくして、「じゃあ、○月○日はどうでしょう?」と新たな日付を出してくる。「その日も行けません。ごめんなさい」と断る↓

「今日、新しく青山にできたステーキの店に来てるんだけど、シャトーブリアンが超ウマい」みたいに写真付きで送ってくる。こちらとしては返信しようがない↓

それなのに「次、ステーキ、食いにいこう!」とメッセージが来る。「最近、けっこう忙しくて……」と返事する↓

「そうなんだー。じゃあ、またしばらくしたら誘っていいかな。嫌だったらいって」と重ねてメッセージが来る……。

「相手がいないわけでもないってことを書きたいのね？　超イタイ」って思ってるでしょ？　そういう視線はビシビシ感じてるけど。

だけど、違うの！　本当に違うの！　そんなことがしたいんじゃないの！　ハイスペ女子を誘ってくる男たちの底抜けの鈍感さが、私は恐ろしいと思うのだ。ちょっとここまで来ると異星人のようじゃない？

自信がないから、断るのも断られるのも怖い

私は断られるのが、とても苦手だ。高すぎるプライドとガラスの心を抱えているため、断られるのが怖くてほとんど人を誘えない。だから、断るのも苦手だ。私は、勇気を出して誘って、そして、断られると、とても傷つく。だから、他の人も同じだろうと思う。それゆえ、断るのは、私にとっては心の負担がかなり大きい。私の知り合いの中には、断りに長けた人たちもいる。

（1）たとえば、「私はそういうつもりはないので、二人で出かけるのはちょっと」と、意

思を率直に伝えるという人

こういう人は昔からモテてきたのだと思う。ただの友人としてごはんに行きたいだけかもしれないし、自意識過剰と思われそうで、私のような者には、この断り方はハードルが高い。

（2）誘い自体を完全に無視するという人

こういう人も他人を傷つけることをものともしない女王タイプだ。彼女の人生においてはすべての扉が彼女のために開かれてきたのだろう。断られて傷ついたことがない人は、断って人を傷つけることを気にも留めない。

どちらもできない中途半端な私は、心に負担を抱きながら、いちいち言い訳を考えつつ断る。だからこそ驚く。それでも動じない男たちの鈍感さに。

こんなに断られて、まだ自信を保てるってどういうこと？　常に断られ続けていると、たまにうまくいったときだけが強く印象に残るのだろうか。その結果、うまくいった記憶だけを繰り返し再生して心の筋肉を増強できるのだろうか。

そのメカニズムを詳しく知りたいと思う。

ハイスペ女子の多くは、どこか自信がないのだと思う。成長期に何かが欠落したとか、そういう育ちに結びつけたくはないが、がむしゃらながんばりの裏にあるのは、底知れぬ寂しさとあくなき承認欲求だ。自分を認めてほしいと思うのは、無条件に肯定されたことがないゆえだろうか。

　そして、ハイスペ女子の多くは、他人の中に答えを見つけるのが上手だと思う。親や先生の目に映る期待を敏感に察知し、それに沿って行動することで、「しっかりした子だ」「よくできる子だ」という枠にはめられ、さらに期待に応えなきゃ、もっとがんばらなきゃを繰り返して、私たちはハイスペ女子になった。だから、誘ってくれた相手の期待に応えないのは苦痛だし、人を傷つけるのは痛いものだ。

　どれだけ強がっても、孤独な少女は自分の中に残る。

　だから、誘いを断られることを予期しない女も、断られてもものともしない男も、あふれんばかりのその自信が、私にはまぶしくて仕方ない。ということで、それぞれについて散々なことばっか書いたけど、結局、「嫉妬」ってことで許してくださいな。

恋に落ちると、男たちは途端に素っ気なくなる

私は恋に落ちる。愚かしいほどに一瞬でものの見事に真っ逆さまに。

同時に、そんな自分を全身全霊で軽蔑しもする。なんで、そんなバカなことするのよ？目を覚ましなさいよ、とばかりに。

恋に落ちたハイスペ女子の体内では、理性と感情の猛烈な争いが繰り広げられる。

はじめてその人に会ったとき、私はさほどの興味を持たなかった。留学前だった私は、英語にまったく自信がなかったけれど、法律事務所の先輩に誘われるがままに、海外のロースクールの同窓パーティに飛び入り参加した。

そこにいた彼の名はエリック・チャンといい、アメリカ生まれアメリカ育ちの中華系3世らしい。パーティのチケットに含まれているのは1杯分のドリンク。それ以降は、キャッシュオン制でそれぞれがバーカウンターからドリンクを購入する方式で、私は外国人のバーテ

ンダー相手にうまく意図を伝えられず、まごまごしていた。そこに、近づいてきた彼はグラスのシャンパンを頼んでくれた。

「乾杯」とグラスを合わせた後、彼は、そのとき着ていた濃い青色のワンピースを褒めてくれたのだろうと思う。だが、そこらへんの記憶は曖昧で、ただ一言「どうしてそんなに英語がうまいの？」と聞いてくれたのだけを、ものすごく鮮明に覚えている。

外国人ばかりのパーティに、私は完全に気後れしていた。どう考えてもお世辞であろう彼の言葉でも、そのときの私にはとても嬉しく響いたのだ。

意外とあっさりとお開きになったパーティの後、何人かで連れ立って飲みなおすことになった。私も先輩と一緒にそこに顔を出したが、そのグループの中にはエリックも含まれていた。初夏のそう暑くもない気候で、戸外のテーブル席は気持ちがよく、久しぶりに同級生に出会ったらしい先輩は、学生時代に戻ったかのようにはしゃいでいた。

私の右隣に座ったエリックは、外国人が過半だったそのテーブルで、何かと私をケアしてくれた。会話が早口の英語となり、誰かが「俳句をしよう」といいだす。私の心臓がきゅっと縮みあがる。どうも海外の俳句は、音節の数をベースにするらしく、一人が五音節を読み、次の一人が七音節、最後の一人がまた五音節というルールらしい。心臓の鼓動が速くなる。

左端に座った日本の外資系銀行に勤める英語ネイティブの女の子が五音節のはじめの句を

詠み、私の左隣の先輩が七音節の中の句を続けた。中学、高校をアメリカの現地校で過ごした先輩は、下手をすると英語のほうが楽に感じるような、いわゆる、帰国子女なのだ。その事実を思い出して、私の心臓が再び縮みあがる。

「だいじょうぶ？」と私の左耳にささやく先輩に、だいじょうぶなわけないじゃないと心の中で毒づきながら、私は適当な単語をいう。「それは、六音節でルール違反だね」と、先輩が左耳の近くでもう一回つぶやいた。が、それよりもっとずっと大きな声で、エリックが「いい俳句だね！」と、私たち3人が作った俳句を暗唱してくれた。それで、なんとなく私のルール違反はうやむやとなって、私は心の中でエリックに感謝した。だから、彼に好感は持ったが、そのときはそれ以上の感情はなかった。

彼と二度目に会ったのは、それから数年後だった。突然、メッセンジャー経由でメッセージが届いた。その当時、シンガポールをベースにコンサルティングファームで働いていた彼は、仕事で日本に来ることになったらしい。ならば、お茶でもしようということになった。好感を持ってはいたが、さほど興味もなかったので、それなりにメイクして、適当な髪形で、私は出かけたのだった。たかだかお茶に存分に準備して出かけるというのもアホくさい。

だが彼は、思いのほか愛想がよかった。純粋な感嘆の目で私を見てくれた。その当時、いろいろな不幸に疲れ果て、傷つき続けていた私の女としてのプライドが癒されていくような気がした。加えていうなら、それはデートと呼べるくらい、思いのほかムードがあった。1時間しか時間がないというから、ホテルの1階のラウンジでお茶でも飲んで帰るという、極めて事務的な手続きを予想していた。ところが、夕暮れどきの薄暗がりが広がる窓際の席は、キャンドルでライティングされていたし、私がよければワインでも取ろうかと彼がいう。

思えば、はじめの期待値が恐ろしく低かったことが功を奏したのかもしれない。様々な重なりで、当時、鬱々と沈んでいた私は、珍しく浮ついた気持ちになった。彼は、私にいろいろと質問をし、私が答えるたびに、さも興味深げに頷き続けてくれた。酔いも手伝って、私はいろいろな話をした。その中には、今まで人にいうことができなかった、プライベートかつデリケートな話も含まれていた。アメリカ育ち特有の「そうだったんだ。でも、君はとても勇敢だった。君をとても誇りに思うよ」という、あの返答。普段だったらその大げささに「ぷっ」と吹き出しちゃうような皮肉屋の私は、心が弱っていたのもあって、なぜかそのとき一筋の涙が流れた。

そして、その瞬間に、私は恋に落ちたのだ。

恋に落ちると私は、激しく愚かしくなる。相手からのメールを待ち続けるようになる。それが来ないことを恐れるようになる。そのたびに一喜一憂して、気持ちを乱すことになる。かつては、携帯にメールが来てるか来てないか気になって仕事に集中できないから、仕事中は秘書さんに携帯を預かってもらっていたくらい。

そして、たぶん、恐ろしく退屈になる。私の恋が、いつも驚くほどうまくいかないのは、恋に落ちた途端に、媚びて、いい子ぶって、退屈な女になってしまうからだと思う。

三度目の再会（の約束）は最悪だった。

再び、東京に来るという彼と、午後4時30分に六本木の喫茶店で待ち合わせたが、いつまで経っても彼は現れない。

スマートフォンで時間を見ると5時13分。途端に憂鬱な気持ちになる。13というのは西欧では忌み嫌われる悪魔の数字らしいが、最近とみに13という数字を目にする機会が増えたように思う。アナログ時計の場合には特段何も感じないのだが、スマートフォンのようなデジタル時計の13という数字は、私の脳に直接的な刺激を与える。住所の番地に13の数字が入っていたり、13日に会おうとメールに書かれていたり、とにかく「13」という数字を目にすることに、私はとてもナーバスになる。

この間、みんなでごはんを食べたとき、メンバーの一人のベンチャーの社長は、採用基準の話のときに「とにかく、運が強い人を採るようにしている」といっていた。運の強さなんて面接でどう判断するのかと思ったら「物事をポジティブに捉える人と、ネガティブに捉える人がいて、ポジティブに捉える人には運が集まってくるからね」とのこと。その場にいたフリーアナウンサーの女性が、「物事をポジティブに考える人は、人との出会いの場に顔を出しやすく、そうやって出会いによって運が広がっていくという傾向があるっていうのは、実証研究になっているらしいですよ」と続ける。そっか、私は物事にネガティブな方向から光を当てる人間なのね。

仕方がないから14分に変わるまで時計を眺めているのだが、こういうときの1分はとても長い。

何度もメッセージを送って、やっと既読になった後、「飛行機が遅れたせいで仕事の約束にさえ遅れそうで、直行しなければならない」というのが彼の返答。要するに、私に会いには来れないということ。会計を済ませながら、惨めな気持ちが広がっている。飛行機が遅れたなら仕方がないとは思う。だけど、もう少し早く連絡することができたのも確か。最近の彼の返信は極度に遅くなっていて、たぶんそういうことなのだろうと察する。

散々な待ちぼうけを食わされたうえに、一人空しく帰る女というのは周囲にどう映るのだろう。なんて、ただの自意識過剰で、誰も私のことを気にしてなんていないのはわかってる。そう思うと、気持ちが楽になるどころか、逆にさらに惨めになった。

男たちはいつも一様にとても優しく、私が恋に落ちた日を境に、途端に素っ気なくなった。同じことが続くということは、男たちではなく、私のほうに原因があるのだろう。

家に帰ってアパートの小さなバスタブにお湯を張った。足が伸ばせないこの小さなバスタブが、私にはとても落ち着く。足を抱えて体育座りをしていると、なぜか泣けてきた。

私はわんわん泣いた。声を上げて泣いた。まるで小さな女の子のようだと思った。

理知的な女性を目指してきたはずだった。自分の中の女性的な部分は嫌いだった。だけど、小さな女の子なんて、もっとずっと嫌。これだけ一生懸命、知性を磨いて、社会で闘って、それでもまだ私の中心の部分は、こんなにも脆《もろ》く幼い。親元を離れて一人暮らしをすることになった15歳のとき、私は途方に暮れて、よくこうやって膝を抱えて泣いた。十数年の時を経て、どこもなにも成長していない。いったいどのくらい傷つけば、私は、こんなことでいちいち泣かずに済むようになるのだろう。

でも、泣いているうちに、なんとなくこう思う。

ヒラリー・クリントンほど強靭でも、夫の浮気におそらく傷ついていた。テイラー・スウィフトほどの美貌でも、何度も手酷い失恋をしている。これからどれだけがんばってもヒラリーになんてなれないだろうし、生まれたときからテイラーになれないことがはっきりしていた私だけど、もしかしたら、このコアの部分には同じものが流れているのかもしれない。どれほど才能があっても、どれほど知的でも、中身はみんな同じように女の子なのかも。

知性、実力、名声――とっておきの戦闘服に身を包んで、傷つくことから身を守ろうとした彼女たちも、女の子のようなその脆さは決して変えられなかったのではないだろうか。

バスタブの中で膝を抱えて自分自身を抱きしめていると、愛しさがこみあげてくる。そして、この愛しさは、自分の中の女の子に、世界中のすべての「女子」たちに向けられている気がしてくる。

私は恋をしない。自分でコントロールできないものに焦がれることは、もう決してしない。何度もした誓いを、今度もまた破るのだろう。そして、今度もまた傷つくことがあるだろう。そのときにもまた、自分を抱きしめてあげようと思う。

＊＊＊

ちょっと……角田光代の『くまちゃん』（新潮文庫、２０１１年）という恋愛小説が、あまりにツボりすぎて、私も書きたくなって書いちゃった。っていうか、半分以上、妄想だけど（笑）。

樹木希林さんと内田裕也さん夫婦の「ミステリー」を解いてみたくて

ロックンロールと黄金水

樹木希林さんの告別式が行われたとのこと。

弔辞を含めてスピーチはとびっきり素晴らしかった。お葬式とか、ああいう別れの場面は、それ自体にストーリーがある。亡くなった母とその娘。誰もがその背景を承知している。だからこそ、お涙頂戴的な劇画調の演出よりも、むしろ淡々としたトーンで事実を積み重ねるスピーチのほうが、ずっと共感を呼ぶと、私は思う。そういう意味で、希林さんの一人娘の也哉子さんは絶妙だった。

さて、樹木希林さんと内田裕也さんとの関係については、「凡人の我々には計り知れませんが……」と枕詞《まくらことば》を置くのが定石になっている。二人の間の一粒種すら「ミステリー」と首をかしげる関係を、我々は理解してはならないのである。今の世の中は、知ったかぶりと上から目線が大嫌い。

ところで、フジテレビで日曜日14時から放送している「ザ・ノンフィクション」という番組がある。これは、人が嫌いな、しかし、その実、好きで好きでたまらない、この「上から目線」を徹底的に逆手にとった番組らしい。家事を終えてゆったりとする日曜のこの時間に、これでもかというほど苦悩を抱えた人々を映しだす。そこで我々はふっと胸をなでおろす。狭いリビング。毎日の雑用。

「でもね、この人に比べたら、ええ、私たちって幸せね」と。

で、この番組がいつもとかなり趣向を変えて、内田裕也さんの密着をやってのけた。そして、私はこの放送で裕也さんなるものの存在感にはまってしまった。

内田裕也さんのドキュメンタリーに樹木希林さんがナレーションをつけたことで話題になったが、とにかくナレーションが少ない。はじめは、ニューイヤーライブのリハーサルを重ねる内田裕也の老いが切々と描かれる。熱が出てベッドから起き上がれない。起き上がったと思ったら車椅子に杖。なんとか座って歌いはじめたと思ったら声が出ない。

途中から、豪華な面々が、内田裕也の破天荒ぶりを語るインタビューが差し挟まれる。ここから一気に惹《ひ》きつけられる。

竹中直人さんはこう語る。「裕也さんと麻布から渋谷に抜けるときに渋滞につかまってね。それで、裕也さんがさ、我慢できなくなったのか、ガードレールのところで、ほら、用を足すわけ」と。それでさ、そこからが衝撃なんだけど、「おーい、竹中、竹中」って呼ばれて窓から外を見たら、ご自身のその黄金の水をすくって飲んでるんだって。「最高だぜ」って。ねぇ、これってロックなの？　よくわかんない。けど、すごくない？　っていうか、やばくない？

続いて、ビートたけしさんという超ビッグな登場人物は、裕也さんにライブに友情出演してほしいと依頼されたうえに、ついでに「もう一個、お願い」と頼まれ、「会場を探してほしい」っていわれたんだって。見つけてないんかいっていう。

ねぇ、この人の存在感すごくない？　何をした人かわからないけど、ヒット曲がないっていう自虐はよく聞くけど、この人がロックンロールの象徴かはわからないけど。とにかく、私は画面から目が離せなくなった。

「KIKI KIRIN氏に土下座」という裕也語録の破壊力（↑これがロックかは不明）

そして、ネットで検索しまくった結果、「ローリングストーン」誌の日本版の「教えて！

Dr.裕也」なる記事にたどりついた。嘘か誠かわからないけれど、この内容がまた半端ない。

浮気した夫が妻が家出しましたと相談してくれれば、「結婚式の時、誓いの言葉を交わしたはずだ！　もう一度よく思い出してみろ！　結婚は永エンダ！　妻に焼肉屋の社長のように公衆の面前で土下座して帰ってきてもらえ！　落ち着いたらノーマルな女の子を探して、仕事に元気が出るようなライフスタイルを作れ！　内田裕也でさえ、警察署を出たらまっすぐ家に向かい、あのＫＩＫＩ　ＫＩＲＩＮ氏に土下座?!　するつもりだーっ！」と。

なにこれ。そもそも、このカタカナとローマ字との交錯とか、体裁からいろいろあるけど、ところで、焼肉屋の社長さんって土下座するの？　しかも、妻に帰ってきてもらったら、ノーマルな女の子とまた浮気していいの？　もういいや。いちいちツッコむのも野暮っていうか、面倒になるくらいのツッコミどころの多さ。

さらに、おとなしい主婦を演じてましたが、男心をつかむことができずに、デリヘルで働きだしたという女性に対しては、「おとなしい主婦ＳＡＮ、君は一度ヌードになって全身を『ミラー』で見るべきだ！　自信があるならオールヌードで町を歩き捕まることをオススメスル！　俺の経験では、刑事ＳＡＮにはイケメンの独身が多い！」だって。

私、この「ＳＡＮ」の使い方にはまってしまったの。ところどころ無意味にローマ字っていうこの破壊力はバズーカを優に超える。

美学と現実の狭間に「ひとかけらの純なもの」

だからこそ、内田裕也氏が44年前に樹木希林氏（当時の芸名・悠木千帆氏）に宛てたというラブレターには意外なものがあった。

「この1年、いろいろ迷惑をかけて反省しています。裕也に経済力があれば、もっとトラブルも少なくなるでしょう。俺の夢とギャンブルで高価な代償を払わせていることはよく自覚しています。突き詰めて考えると、自分自身の矛盾に大きくぶつかるのです。ロックをビジネスとして考えなければならないときが来たのでしょうか。（中略）早くジレンマの回答が得られるように祈ってください。落ち着きと、ずるさの共存にならないようにも。メシ、この野郎、てめぇ、でも、本当に心から愛しています」（「女性セブン」２０１８年10月４日）だって。

そういえば、都知事選に立候補したときの「公約及び政策」も傑作だった。ご本人のホームページから引用させていただく。

「欠点……家庭生活に向かず別居中ガールフレンドとの交際を始め妻子やＧＦの御両親に多大なＭＥＩＷＡＫＵをかける！

弱者の味方であると確信していながらアーバンシティライフの誘惑に負けてＺＥＩＴＡＫＵをしてしまう！

ＢＧＡＴＡのＳＡＳＯＲＩＺＡ生れ高校中退ＮＡＧＡＳＨＩＭＡ　ＳＨＩＧＥＯ氏の様に自分の意見を表現する言語が独創的すぎる事がある！　漢字に弱い！　数字に弱い！　女性に弱い！　コンピューターに弱い！　ＮＥＷＭＵＳＩＣに弱い！　ＨＩＴに弱い！　ＬＯＶＥストーリーに弱い！　不ＴＯＭＥＩな政治に弱い！」

「長所……借金の返済期日以外は『ＵＳＯ』をついていない！」


　そうか、「漢字に弱い」のか。この謎のアルファベット遣い。つまりは、「迷惑」「透明」「嘘」その他の漢字がうまく書けなかったということですかな？

　ねぇ、でもその人が、こんな意外なラブレターを書くなんて信じられます？　このラブレターには「経済力」とか「ロックをビジネス」とかそういう言葉の数々。ねぇ、これって、自らの美学と現実との間になんとか折り合いをつけようと苦悩する、少し不器用で、至極まっとうな男の人じゃないですか？　自分の情熱と他人への愛情にできる限り誠実にあろうとした片鱗すらのぞく。もしそれを希林さんが、裕也さんの芯に宿る「ひとかけらの純なもの」として愛でたのだとしたら……。

「ザ・ノンフィクション」の中で、希林さんのナレーションがこう響く。「この世の矛盾をどう説明できるのかと問われれば、私の答えは極めて簡単です。それは内田裕也さんです」

海を渡る蝶か、蝶を渡す海か

これを聞いて、こんなに現実をよくわきまえたはずの女たちは、それでも、奇跡を願いたくなる。

希林さんが、その魂の中に潜むすさまじい衝動を、裕也さんとの間でさらしあい、ぶつけあったように。そして、娘の也哉子さんと本木雅弘さんが、つまり、どんなときにどこからどう見ても、立ち居振る舞いが画《え》として完全に決まる男が、也哉子さんの言葉でいうところの「少し体裁の過ぎる夫」が、本音を深くえぐる母に育てられた娘と、ぴたりと一対として収まりがよいように。

私たちはこの世のどこかに、まだ出会っていないかもだけれど、必ずどこかに、そうやってぴたりとはまる相手を定められて、生を享《う》けたんじゃないだろうかと。

海を渡る蝶のように。蝶を渡す海のように。海に挑む蝶は、必ずどこかで力尽きるという。それでも、吸い寄せられるように海に向かっていく蝶がいるんだって。力尽きて、深く深く海に沈んでいくときに、蝶は満ち足りた思いで永遠の眠りにつくのだろうか。私が蝶であなたが海なのか、それとも、あなたが蝶で私が海かと。お互いの中へと深く深く潜り、延々と探求し、そして相手の中で朽ちていくことを一瞬たりとも悔いることがない、それくらいの甲斐がある相手がどこかにいるはずじゃないかと。

　そういう相手を見つけた希林さんは「今日までの人生上出来でした。私はふっとおいとまするかもしれませんが、面白かったわねと裕也さんに伝えました」と、ドキュメンタリーを結ぶ。彼女は、その言葉どおり、静かに、そして満ち足りて、人生に幕を閉じることができたのではないか。

　なんで、私、こんな感傷的なこと書いてるんだろう？　モックンと結婚した也哉子さんにあやかりたい的ななにか？　結婚した当初はさんざん何かいわれたんだろうと想像しますけど、今は二人並ぶとぴたりと決まって、誰にも文句をいわせないもんね。

　っていうか、そのすさまじい魂の衝突の過程を、私は本当に真似したいのだろうか？　リアルに肉体的なＤＶがあるとすれば、まぁ、問題だよね。法律的にどうこう以前に、痛いのやだし。民法的には夫婦には同居義務があるから、同居1年半、別居40年以上とか、法律家としては気になっちゃうしね。

　規格外の夫婦を参照しようとしてグダグダと書いた、この３０００超の文字。結局、冒頭の枕詞に行きつくのでしょう。

「凡人の我々には計り知れませんが……」

参考にしがたいケースというのもあるものですね。読んでいただいた方の骨折りに感謝と謝罪を。

病床の彼女と
ネイルオイル

「真由先生、お手紙ありがとうございます」

先日、机の引き出しにしまったはずのレターセットを探していたら、端正な文字が目に飛び込んできた。その字と同じように古風に整った顔と、あごの下で切りそろえられた艶のある髪を思い出す。長い髪を切ってボブにしたとき、彼女は私に「失恋じゃないですよ」とやや昭和っぽいことをいった。美人なのに、どことなく漂う昭和の匂いが、彼女に温かみを与えていた。

中野綾子さんは、私が財務省に勤めていたときの経理の女性だった。キャリアを総合職とすると、いわゆる一般職として入省した彼女は、しかし、優秀で責任感が強かった。その当時の私の上司は彼女を頼りにし、彼女も期待に応えて遅くまで残業して仕事に励んでいた。帰り際にその日の仕事の報告を上司にする彼女の横顔が、あるとき少し上気しているように見えて、「あぁ、綾子さんは、この上司に単なる好意以上の感情を持っているんだろうな」と私は気づく。

美人で性格がいいのに独身の綾子さんと、まじめで仕事ができるのに独身の上司は、まさにお似合いで、そのうち部署の中に公然とそういいだす人が出てきた。だけどそれはいつも健全なからかいの範囲内で、どちらも決して一歩を踏みだそうとはしなかった。ただ、綾子さんが仕事の進展を上司に報告するとき、二人で少し雑談をするのが日課になっただけだ。私とは仕事以外の話なんて一切しない上司が、この時間だけこんなにも柔らかく笑うなんてと、地味に悔しく思ったりしたものだ（笑）。

仕事ぶりを買われて係長に昇進した綾子さんからは、いつしか笑顔が消えていった。若い事務の女の子たちは、綾子さんよりもきゃぴきゃぴしている。

「このくらい自分でやってくださいよ～。○○さん、私の何十倍も仕事できるんですから」

と甘えた声でいわれれば、仕事をお願いした部署の男の子たちも悪い気がしないのか、

「あっそう」と引き下がろうとする。そのとき、

「その書類、私がやりますよ。○○さんはもっと大事な仕事がありますから」

と、綾子さんが横から手を伸ばして仕事を引き受ける。気まずそうな沈黙の後、事務の女の子と部署の男の子の間に交わされる目配せ。綾子さんは、甘え上手ではなかった。仕事に

ストイックな彼女は、自分の基準をどこまで若い事務の女の子たちに「押しつけて」いいのか、悩んでいたんだろうなと、今になれば思う。彼女が、突然、仕事を辞めると言い出したとき、私にとっては青天の霹靂《へきれき》だったけど、上司はさほど驚かなかった。

「気をまわしすぎる人だから、一人でいろいろ抱え込んじゃったみたい」

と口にする彼は、事前に彼女から相談を受けていたのだろう。この人も強引に引き止める人じゃないし、綾子さんも思い込んだら頑なところがあるし。

「二人とも一滴もお酒を飲まないからね〜」といった部署の先輩の言葉を思い出した。自制心が強い者同士の組合せは、勢いで押すほうがいないから進まないみたい。

　財務省を辞めてからしばらく経ち、あるとき、私は予備校で講演をすることになった。そして、その後、綾子さんから私に手紙が届いた。派遣として中小企業で経理の仕事をしながら、今は予備校に通って資格試験を目指しているらしい。そこで、偶然にも私が講演したDVDを観て、お手紙をくれたのだ。3か月おきに変わる職場に慣れるのが大変なこと、財務省仕込みの丁寧さで仕事をすると「ここまでしなくてよい」とお叱りを受けること……。ユーモアたっぷりに綴られた文章の中に、

「恥ずかしいやら情けないやら毎日修行です。ちなみに＊結構＊苦労しているのに全く痩せ

ないのは最大の謎です」

と書かれていた。この「結構」の横の強調マークは、決して弱音を吐かない彼女の最大限の愚痴だったのかもしれないと、今さらながら読み返して悟る。私ってなんて鈍感なんだろう。

そこから「お茶でも」という話になったものの、なかなか予定が合わなくて、しばらく経ってメールしてみたら、「事情があって……」と彼女は言葉を濁した。人間ドックで引っかかって精密検査を受けなくてはならないらしい。

綾子さんに次に再会したのは、山王病院の一室だった。とはいっても、黒髪は相変わらず艶やかで、頬の血色もよく、相変わらず彼女は美しい人だった。だからこそ、帰り際に病室の看護師さんが、「本当に愚痴も弱音もこぼさない人だから」と少し涙ぐむのが、私には奇異に映った。

だいたいうちの家系は鈍感なのだ。

「おお、ちょっと痩せたんじゃないか。入院、退屈だろ？　ドクター○○シリーズのＤＶＤ買ってきたぞ～」と旧友を見舞った父は、その奥さんからひっそりと告げられたらしい。

「山口さん以外のお見舞いはお断りしたんです。みんな今の主人の痩せ方を見ると、何もいえずに涙ぐんでしまって、そのたびに主人も気落ちするから」

鈍感さを見込まれて面会謝絶を潜り抜けた父の娘ですからね、私。それから間もなく幼い我が子を後に残して旅立った旧友の名を、父は今でも悔しさと懐かしさをにじませながら口にする。

綾子さんのお見舞いの後しばらくして、留学を目前に控えた私を、当時のあの財務省の上司がごはんに連れ出してくれた。また会えたらと何度か連絡を取り合いながら、結局、綾子さんの体調が思わしくなく、なかなか叶わずにいた私は、綾子さんの話題を口にして「早く元気になるといいですね」と結ぼうとした。私が口にするよりも先に、上司は、

「あんないい人がね……。ご両親を後に残して、若くして逝くなんてね」

と話を引き取った。

あまりのことに、話の接ぎ穂を失って、私は黙り込む。沈黙の中で、ふと、仕事においてあらゆる専門知識を駆使するこの人の、自分の感情を表現する言葉が驚くほどありきたりだと気づく。土日も出社し、プライベートで恋愛をする暇もなさそうな上司のアンバランスさを、このビジネス用語と感情表現の語彙数の偏りが象徴している気がして。そして、こんなときにそんなことを考えた自分を恥じる。言葉にならない悲しみを抱え、言葉を探すのをやめただけかもしれない。

「昨年の2月くらいかな、最後の手紙には『治療がつらい』って書かれていた。それまで一

度だって弱音を吐かなかったから……」

という彼の言葉で、私はこの二人がずっと手紙のやりとりを続けていたことを知る。

平凡な言葉で悲しみの上っ面をさらっと撫でて通り過ぎるのは、心の深いところの感情を新鮮なままで保つためだったのだろうか。そうか、この人は、私とその悲しみを分かち合う気がないのだと思い至る。そして、上司と綾子さんの帰り際の立ち話を見ていたときと同じ、嫉妬にも似た気持ちに驚く。同じ部署で同じ時間を過ごしたと思ったけれど、この二人は私よりも一段深い層でずっとつながっていたのだろう。


今、私は、出張の前に飛行機を待ちながら、空港のラウンジでこの文章を書いている。と書くと聞こえはいいが、ありとあらゆることが不安になってきて、自信を失いつつある。私の言葉が通じないかもしれない人々は、私をいつもナーバスにする。田舎から出てきたばかりのおどおどした小さな女の子のような気持ち。年齢的には女の子からもうだいぶはみ出しちゃったのにね。

機内は乾燥するだろうから、爪の甘皮にたっぷりめにオイルを塗っておこうと、ネイルオイルを取り出して、綾子さんとの会話をまた思い出す。

「真由さんはネイルしているから、オイル使うんじゃないかと思って、会えたときのために買っておいたの」と、最後に見舞ったときに、綾子さんは、ベッドの上からきれいに包装されたこのオイルを私にくれた。フレグランスとも違う、植物由来の香りが私の心を落ち着かせていく。

病魔と闘いながらも、最後まで他人への気遣いを忘れなかったんだなと、改めて思う。

大変なことが起こるたびに「もう無理だ」とあきらめかける私に、母は決まって言い聞かせた。

「真由、神様はその人に耐えられるだけの試練しか与えないんだよ。ってことは、きっと真由はだいじょうぶだって神様のお墨付きよ」

人一倍我慢強かった彼女は、人の強さと優しさを試すために神に選ばれてしまったのだろうか。

「あなたのようにつよい人でやさしい人でありたい」と歌ったのはドリカムだったっけ？

そして、この歌詞は確か「あなたのように前を向いて大きい人でありたい」と続くんだった。

私も前を向いて、できるだけ背筋を伸ばして、搭乗ゲートに向かおう。

II

好物

Favorite

シンデレラボーイ
小室圭氏のはじめの一歩

シンデレラ願望の男

2010年に藤沢市観光協会主催のコンテストで「海の王子」に選ばれたという小室圭氏だが、私の中では王子というよりシンデレラに位置づけるほうが、むしろピンとくる。

シンデレラというのは、どこか不満げな少女である。裕福な父、優しい母のもとで過ごした幸せな時代は束の間、病弱な母が亡くなって、その後釜に座ったのは、連れ子二人を贔屓《ひいき》する意地悪な継母だった。

年がら年中、継母と二人の姉に召使のように扱《こ》き使われて、美しく装って舞踏会に出かけるなんて贅沢はおろか、年頃の女の子らしい楽しみのすべてを奪われてしまう。

もちろん、シンデレラは気立てのいい少女として描かれている。表立って不満を表したわけではなかろうが、彼女は心の中でこう思い続けていたに違いない。

「こんな生活、私にはふさわしくないわ」

本来の自分に不釣り合いな環境に置かれた私――この暗示は小室氏につながる。

新聞・週刊誌報道等によると、早くに父を亡くして決して余裕があったわけではなかろうに、地元の公立中学校に進学することなく、日本の中の異国のようなインターナショナルスクールに通う。

成人式には、母の婚約者に買ってもらったという5万円の高級な靴を履いて、帝国ホテルの写真館でポージングを決める（「週刊現代」２０１８年3月10日号）。

地元の中学なんて僕には不釣り合い、近所の写真館なんて僕にはふさわしくない……そこにあるのは「本当の自分」はそんなものではないという巨大な自己愛であろう。

就職先の元同僚の証言も秀逸である（「週刊女性」２０１７年11月14日号）。卒業後は三菱東京ＵＦＪ銀行（当時）で丸の内支社法人営業の部署に配属されたという。邦銀の法人営業部といえば、これは文句なしの超エリートな滑り出しだろう。他の名門校出身者もひしめくことを考えると、小室氏の圧倒的な英語力のほか、面接でのウケが非常によかったのではないかと推測される。実際、銀行勤務時代の元同僚は、小室氏の朝礼での挨拶を「大きくはきはきした声で笑顔もキラキラ」とべた褒めしていたとのこと。

しかし、彼はここで挫折する。

コミュニケーション能力が高くて、面接での覚えがめでたいにもかかわらず、仕事ができない人というのは、ときたま存在する。小室氏が、そうだったっていうつもりはないけどね。だが、元同僚の証言によると、上司は小室氏の英語能力は認めながらも、業務のほうは「あんまり……」と口を濁していたという。もちろん、英語能力の高さが嫉妬を買ったっていう可能性は十分あるのだが。さらに、元同僚の証言は続く。小室氏は、会社を訪問する際に事前に地図を用意して運転手さんと相談することもなかったという。

くだらないことかもしれないが、日本企業ではこういうのが極めて大事なのだ。クライアントを訪問する際に、新人は、あらかじめ地図を用意して運転手さんに事細かに相談する。「皇居周辺は信号につかまっちゃうと時間が読めないから、5分早めに出ましょうか」みたいな、ね。そのうえで、上司の肩書の順番に一番上の人を運転席の後ろの「最上座」に、次の位の人を助手席の後ろの「上座」に誘導し、自分が助手席という「下座」に座ったうえで出発進行。

日本企業の中の日本企業である邦銀ではこれが定石。逆に、いかに小さく見えても、これができないと仕事ができないといわれてしまう。

弁護士時代には、邦銀の相手方にメールを送るたびに、ｃｃの宛先を肩書順に厳密に並べ直したものである。これが非常に時間がかかる。リテール業務部の室長と法人営業部のマネージャーはどっちが偉いのよ？　みたいな。逆に、相手から送られてくるメールのｃｃでは、私たち弁護士が必ず年次順に並べられていた。実験として、一度、こちらから送付するメールのｃｃで、弁護士の年次をランダムに並べ替えて送ってみたけど、返信はやっぱり年次順に直されてたもんね。気にしてらっしゃるんですね。

　こういう世界でインターナショナルスクール出が力を発揮するのはかなり難しかったのだろう。想像に難くない。

他力本願の男

　もちろん、小室氏には圧倒的な長所がある。シンデレラであるがゆえの自己肯定感の強さである。

　あるとき、小室氏が担当する会社の重要書類が紛失するという一大事件が起きた（「週刊女性」２０１７年11月14日号）。１円でも合わないと帰れない銀行文化において、これは深刻すぎる事態だろう。それでも、「僕は○○さんに渡しました」と冷静に主張する小室氏。○○さんという女性行員がパニックで大泣きしているにもかかわらずである。

　こういうときに普通の神経の人なら、自分は絶対に書類を渡しただろうと思っても、焦って真っ青になる。さらに、頭がまわる人なら、「外出前にばたばたとまとめて○○さんに渡して、混乱させてしまった僕の責任」と、さりげなく人に責任を押しつけつつ、殊勝に振る舞ってみせる。

そんな嫌なヤツになることなく、「我関せず」の態度をとった小室氏は、生まれながらにやんごとないか、メンタルが半端なく強いかのどちらかで、彼の場合は後者だった。

思うに、彼の自己肯定感の源は、母の暗示にあるのではないか。

一人息子を溺愛したとされる母の佳代氏は、幼いころから「あなたは特別」というメッセージを陰に陽に小室氏に伝え続けたのだろう。その母の強い強い願いが暗示となり、「これは僕の仮の姿」という小室氏のシンデレラ願望を生んだ。ここでない場所にいるべき自分を信じるその自己暗示は、眞子様との婚約という人生の大激変を引き寄せた。

自らを評価しない（↑ってことにしちゃったけど、だいじょうぶ？）銀行内で、誰ともつるまない小室氏は、一人でランチを済ませ、トイレの姿見で髪形を整えながら、こうつぶやいていいたに違いない。

「誰も本当の僕を知らない。今に驚くぞ」

ロイヤルファミリーと付き合っているというその事実が、彼のプライドの最大の拠り所だったのだろう。

結局、結婚準備のためか、それともその他の理由があったのか、超一流銀行をあっさりと辞めてしまった小室氏は、一橋大学大学院国際企業戦略研究科に通いながら、法律事務所でパラリーガルとして働く。目指すのは「国際弁護士」だという。

目指すものとやってることがどこかしっくりこない。なぜ、「国際」弁護士なのだろう。もし弁護士として国際的な取引にアドバイスしたいなら、ものすごい疲れる試験だったけど、日本の司法試験に挑戦するのが、ストレートじゃないか。そこから、海外留学してもいいだろうし。

なんなのだろう。この「日本で勝負しない」感？　そして「フィールドは世界」的な？　日本の銀行内で挫折した（として）、「ここは僕みたいな国際人の活躍すべき場所じゃないから」と、自ら去った感を出したのではないか。ゲームオーバーの直前に自らリセットするというあの裏技。こうやって地道な努力ではなく、目先を変えることで挫折をなかったことにするのはいいことではない。クセになっちゃうし。

ところが、小室氏はロースクールに合格して渡米すると聞いた。見直した。応援したい。

私がシンデレラを肯定的に評価できないのは、他力本願っぽいからだ。「ここは私にはふさわしくない」と信じ込みながら、努力の蓄積で日常を少しずつ変えるのではなく、王子様が私の手をとって宮廷に導いてくれると夢想するなんて、超がつくような美人にだって許されないレベルのアホくささだと思う。

　だが、ここで、ママの暗示と自己肯定によって運を引き寄せてきたシンデレラボーイは、自らの足で一歩を踏みだそうとしている。根拠なき自信を、確かな実力に変えてくれるだろう。

　と、勝手な応援メッセージで、私はこの文章を締めくくるつもりでいた。

　ところが、小室氏が通うというフォーダム大のロースクールからのありえない公表を目にする。なんと、小室氏は「超特例措置」を受けている。普通ならば、ＬＳＡＴというセンター試験のような難しい試験を受けて、ＪＤという3年間のコースに入る。本国のロースクールを卒業している外国人などは、これをスキップして1年間のＬＬＭコースに進む。ところが、法学部すら卒業していない小室氏は、なぜかＬＬＭコースに入って、そこからＪＤコースへの編入を目指すという。たとえていうなら、試験の点数が足りなくても、小論文だけで大学に受かっちゃうみたいな感じではないか。

　こうなると、彼が受けるといわれる授業料全額免除の奨学金だって、きな臭く見えてくる。「学問その他の資質」が考慮されたということだが、試験を受けていないか、点数が足りなかった可能性もあるところからすれば、おそらく「学問」ではなく、「その他の資質」によって、学費の全額免除を受けるのだろう。もちろん、大学の成績がとってもいいとかいろいろな可能性があるけど。でも、「日本のプリンセスの婚約者が今般我が大学に入学します」とわざわざ公表しちゃってるところからすると、フォーダムが最も評価したのはロイヤルファミリーとの関連性だろう。大学の宣伝にもなるしね。

ちなみに、フォーダムは、日本でいうところのＭＡＲＣＨ（明治、青学、立教、中央、法政）クラスの名門校だと思う。ロイヤルファミリーと婚約してるからって、試験も学費も特別扱いでＭＡＲＣＨに行けるなんて不公平、信じられます？

ここまでいくと、一周まわって尊敬の念しかわいてこない。どうやら、彼のシンデレラパワーは、当初の私の想定を超えているようだ。眞子様との婚約を引き寄せたばかりか、プリンセスの婚約者という地位を最大限に利用してアメリカのロースクールに特別扱いで通えるというタナボタ。破壊力抜群の他力本願ボーイに自分の力で一歩踏みだしてほしいなんて、庶民のいじましい願いはもうやめよう。彼にはこのまま突っ走ってほしい。

二人の仲を引き裂こうという大人たちの陰謀など、持ち前のあふれんばかりの自己肯定と、そして確かな実力ならぬ他力本願力で、きらっきらに打ち砕いてほしい。

谷岡郁子至学館学長の
ヒロイン妄想

「私抜きで話題にするなんて許しまへんで」

「伊調馨さんは選手なんですか？」

芝居がかった大げさな言葉が響いたとき、私は、自信満々な風貌が映る画面にくぎづけになった。

久しぶりの逸材の登場である。

だからこそ、珍しく早く出かける私を送りに、玄関まで出てきた妹を押しとどめた。

「いいから、とりあえず、めざましテレビのさっきのすごい女の人の記者会見、そのまま観てていいから。あとで何が起こったか教えて」

谷岡郁子氏の記者会見から、その意図はにわかには推し量りにくかった。栄和人強化本部長（当時）をかばって、騒動を収束させる目的で出てきたと本人は思い込んでいる。だが、この強烈なキャラクターの登場が、収まりかけたレスリング界の騒動の火に油を注ぐことは間違いない。そして、私は、彼女自身すら、潜在意識の中では、自分の登場が決して騒動を収束させるためではないとわかっていたと推測する。だって、言葉の端々に表れてましたもの。「出たいの、私」っていう気持ち。彼女の会見を総合すると、要するにその主張は「栄なんていうのは、脇役なのよ。主役は私。道場を使わせられるのも私。栄より偉いのも私。栄ばっかりに着目して、私抜きで話題にするなんて許しまへんで」というもの（に聞こえる）。

主役病と鋼のメンタル

私がもともと興味を持って、以前から研究対象としていたもの——それが「ヒロイン妄想」だった。

この世の中には、自分に没頭できる人がいる。他人からどう見られているかを一切意識からシャットダウンして、自分の中へ深く深く入り込める人がいるのだ。

たとえば、女優というのは、その稀有なる才能が重用される職業だと思う。

黒木瞳さんは、昔、インタビューに答えてこういっていた。

「演技に入る前に鏡は見ないの。自分に引き戻されちゃって、役に入り込めなくなるから」

カメラの前に出るときこそ、自分がどう見えているか、歯になんかついていないか、口紅は落ちていないかが気になるのではないか。そういう他人からどう見られているかという意識を排除して、自分に酔えるのが、「ヒロイン」なのだと思う。

松居一代さんのあの騒動を思い出してほしい。

芝居がかった彼女のＹｏｕＴｕｂｅでのオーバーリアクションに、日本中が苦笑した。自分があの立場に追い込まれたらと、想像してみてほしい。日本のすみずみにまで、あんな姿をさらしてしまったら、この世から消えたくなるのではないだろうか。

ところが、松居氏は、そんなことを微塵《みじん》も気にしていなそうである。これを「ヒロイン妄想」と呼ぶ。そのとき、人は主観の塊になる。私たちは、他人が自分をどう見ているかという客観をある程度取り込んで、それによって主観を修正しながら生きている。しかし、「私、私、私」と自分の主観に酔いしれ、他人から見た自分という客観的な視点を、完全に排除できるのが、主役病なのだ。

羽生結弦《はにゅうゆづる》選手、姜尚中《カンサンジュン》先生――滑るほどに酔いしれ、しゃべりながら陶酔する――こういう主役病は、女優に限らず、一定の選ばれし人に見受けられる現象である。そして、そういう人々は皆一様に「鋼《はがね》のメンタル」を持っている。他人が自分をどう見ているかを気にする人は気弱だ。スポットライトの下にいるのは自分一人。まわりはすべて自分の賛美者と規定することができれば、「失敗したときの自分」なんてものを恐れる必要はなくなるのだろう。

人生の主役は私、まわりはすべて脇役——こういうヒロイン妄想とそれに伴う鋼のメンタルを、いかにして人は手に入れるのか。これは興味が尽きないテーマだろう。

なにが人をヒロインにするのか？

「選ばれし人がこうしたメンタルを持つに至ったのか」はたまた「こうしたメンタルを持っているから優れた才能が開花したのか」という鶏が先か、卵が先か理論。

私の仮説は、幼少期から優れた才能で選ばれた人だから、成長するにしたがってヒロイン妄想を押しつぶすことなく、むしろ、すくすくとそうしたマインドを増長させることができるというものだった。

松居一代さんも美人の部類でしょ。もともと女優だもんね。

ところが、私は珍しい類型を見つけた。それが冒頭の谷岡郁子氏である。

つまり、谷岡氏には、女優ほどの類まれな美貌があるわけではない。それにもかかわらず、完全に自分に酔いきっている。きっとこの方は、今でもご自分の会見に満足しているに違いない。私が出ていったことで、事態が前に進んだと。

これは、ヒロイン妄想に至る経緯を解明するうえで、示唆に富む事例である。絶世の美女でなくても、人はヒロイン妄想に浸れる。ヒロイン妄想は、「優れた容姿」だけから生まれてくるものではないみたい。

とすれば、なにが人をヒロインにするのか。とっさに検索したウィキペディアによれば、この方のおじい様は大阪商業大学の創設者だという。ふむ、なるほど、やんごとなきお生まれの方に、周囲は客観的な事実を告げることを躊躇し、主観が修正される機会がなかったのか。至学館大学の誰もあの会見を止められなかったところにも、周囲の及び腰は垣間見える。側近はきっと会見の後にこうささやくのだろう。「学長の会見で、世間のこの問題を見る目が全然変わりましたよね、さっすが！」。そうやって、ヒロイン妄想は、折れることなく増長していったのだ。

この方は国会議員のご経験もあるらしい。私が、最近、ヒロイン妄想をお持ちのお一人に分類した池坊保子氏と奇しくも重なるではないか（覚えてらっしゃいます？　お相撲の騒動のときに出てらした方）。

私は、谷岡学長にもっと出続けてほしい。この人のことをもっとよく知りたい。この人を解明することが、ヒロイン妄想という長年の課題の真実に近づく重要な手がかりであろう。

山根明会長ほか
メンタル・モンスターたちの共通点

スーパーボランティア尾畠さんのすごさ

テレビは、連日、山口県で行方不明の2歳の男の子・藤本理稀ちゃんを無事に保護したスーパーボランティアこと尾畠春夫さんの姿を映しだす。次から次へと、自らの「好物」を発見して、それを貪りつくそうとするメディア（いや、すみません、その先にいる視聴者、つまり、私）の貪欲さはすごい。

私たちが、尾畠氏の特性に気づいたのは、理稀ちゃんを助けた直後に「お風呂入ってきます?」「ごはん食べてきます?」と、なんとか感謝の思いを形にしようとする理稀ちゃんのおじい様の申し出を「いやいや、それでは意味がなくなりますから!!」と断り、あくまでボランティアの精神を貫いたあの姿勢を見たときではないか。折しも降りしきる雨に、「じゃあ、せめて傘を持ってって」と、なんとかその手にビニール傘を押しつけようとするおじい様に「雨に濡れるの好きですから」と、明らかにずぶ濡れで去っていくあの感じ……。だって、ビニ傘だよ？　２００円くらいだと思うよ？　もらってあげてもいいじゃん？

私は、この尾畠氏の頑なさが好ましい。食べ物は自炊。寝る場所は車内。「無償の奉仕」であることにとことんこだわる彼には、柔軟性が一切ない。

掃除をしていない自分の家に堂々とテレビクルーをあげ、インスタントラーメンやら梅干し８つをのせたごはんやらを食べる姿をさらす。テレビの前でも決して変わらない人。いや、変われないのだろうと、私は思う。

多くの人は、他人からどう見られているかを気にするが、彼にはそれがない。他人の視点を内在化せずに、あくまで自己を貫くその姿勢――尾畠氏のように、それがプラスに働くこともあるだろうが、いつもそうとは限らない。他人に対するアンテナをオフにして、自分スイッチを最大ボリュームでオンにする――これがやや醜悪な形で表れてしまった例を、私は「メンタル・モンスター」と名づけたい。

ボクシング山根明会長の「盃基準」

たとえば、ボクシング連盟の山根明会長（←前会長？　彼自身が、あの「会長」という一人称を変えるべき?）は、誰もが認める、だが認めてはいけない「おもろおじさん」である。日本大学の田中英壽理事長は、山根氏と似たような立場にいる。組織の中の絶対権力者で、そして、大衆によって追い落とされる立場だ。ところが、田中理事長は、山根会長（↑やっぱり前会長?）のようなモンスターではなかった。だから、露出を拒み続け、会見ではなく、ホームページでの謝罪で済ませているのだ。

だって、みんな、山根会長なら覚えていても、田中理事長なんて覚えてないでしょ?「日大タックル問題」が騒がれたときに、内田正人監督（当時）をはじめ、日大から出る人出る人批判されたことがあった。そのとき、内田監督よりもはるか上にいるラスボスと目されたのが、日大の権力構造の頂点に長年君臨し続けた田中理事長である。

凡人の域を出ない田中理事長に対して、山根氏は常人とは違う角度から世界を見ている。日本中から笑い者にされ、さらに、やや深刻に反社会的勢力との関係を叩かれる。だが、彼は決してぶれない。「世界のヤマネはヤクザではない」。なぜなら、「盃《さかずき》をもらっていないから」。

出ました!!「盃基準」。法律上、「反社会的勢力」は明確に定義されているわけではない。暴力団排除は、法律ではなく、各都道府県の条例の形で定められているからだ。ただ、政府指針とされる警察庁次長通達によれば、暴力団の準構成員も「反社会的勢力」の定義に余裕で含まれている。ところが、政府の基準よりも、俺の見解とばかりに、山根氏はその独自基準を曲げない。考えてみれば、山根氏の主張する、この「盃基準」自体が、いわばヤクザの世界のモノサシである。これだけで、彼がいかにあちらの世界に深くつかっているかという自白にもなるだろう。

全国からバッシングされたり、「おもろ」と笑われたりすれば、普通の人なら外を歩けなくなるだろう。だが、メンタル・モンスター山根氏は異なる。見られれば見られるほど、噂されれば噂されるほど、輝く男・山根。だから、「かつては暴力団同様の活動をしてました。でも盃はもらってません」みたいな「盃基準」発言をぶれずに続けられるのでしょう。

日本最強のメンタル・モンスター小室圭氏

ところで、メンタル・モンスターといえば、現状での日本最強はやはりこの人、小室圭氏。「コムケイ（←こと、小室圭さんね）」さんのメンタルの強さは半端ない。ついに渡米し、ニューヨークのラガーディア空港に降り立った彼を見て、私はさすがにやや同情した。なんとスーツにネクタイ姿。成田からスーツ姿で、さすがに機内ではネクタイは外すにしても、周囲の目にさらされた状態で14時間のフライトはきついでしょう。せめて、プレミアムエコノミーくらいには乗せてもらえたのかな。いや、そうでもないらしい。

だって、「千葉県警のSPを5～6人引き連れ、一般人が使うルートを避けながら有料の待合室へ」って（「トカナ」2018年8月10日）。ビジネスクラスじゃなくても、プレミアムエコノミーだったら、航空会社のラウンジを使えるんじゃなかったっけ？　有料の待合室っていうのは、この場合、カードラウンジなんじゃないの？　っていうことは、あの方は、やんごとなきお立場につかれるかもしれないのに、エコノミークラスにその身を収めて、14時間の長いフライトに耐えたのか。さらに、着いた先のラガーディアでは「国民からの広い支持がないため、このままでは納采《のうさい》の儀が行えないと秋篠宮殿下からのお言葉があったそうですが？」とリポーターに囲まれる。これではさすがにかわいそう……。

ところが、である。そのときの彼の異常な眼の輝きを、私は見てしまった!!　そして、次の日にフォーダム大学に見学に行くコムケイ氏の、薄い水色のちょっと麻っぽい生地のノーカラージャケットを見て、私の疑惑は確信に変わる。

「この人、見られたがっている……」

ねぇ、日本中から多少苦笑されたって、そんな声、彼の耳には決して届かないのよ。よき評判はもとより、悪意ある噂であっても、自分の話が人々の口の端にのぼるというだけで、彼にはたまらない喜びなの。その悪意をパクパクと食べて、あの悪夢を食べるという伝説の生物・貘のように、既に大きく膨らんだ自意識を、限界を超えてすくすくと育てていくのだろう。

成田空港で千葉県警のSPに守られて他の乗客をすっ飛ばして機内に乗り込む、フォーダム大学でも大学関係者がついて特別に見学ツアーができる、そして、フォーダム大の学生に日本のテレビ局がインタビューする。そのたびに、彼の顔の照り艶が、いや増していく。

どれだけ茶々を入れても彼には届かないだろう。皇室関係者も気づかなかったまさかのメンタル・モンスター・コムケイ。苛烈に扱われるほど、自分への注目度が増すほど、彼の眼の輝きはいや増すばかり。秋篠宮家が彼をどう遇そうと、どっちに転んでも小室氏の一人勝ちという結論は変わらない。

コムケイ氏の稀有なる点は、自己愛と自己肯定感がともに人より抜きんでているところにある。前者が強いと自信のないかまってちゃんに、後者が強いと鼻もちならない自信家に。この両方が強い例を私は、寡聞《かぶん》にして知らず。そうなんだね、両方を持つとメンタル・モンスターが生まれちゃうんだね。そして、そんな小室氏のヤバメンタル（ヤバいメンタルね、念のため）を育てたのは、その母・小室佳代氏だろう。「あなたは特別」「あなたは選ばれた子」「あなたは他の子と違う」と、シャワーのように呪縛にも似た愛の言葉を浴びせ続けたに違いない。

眞子様の前に付き合っていた女性も名家の令嬢だったというし、この親子は本でも出版すべきではないかと、私は思う。『小室圭の引き寄せの法則』（〇〇出版）。道端ジェシカ氏に引き寄せの法則をご講義いただくよりも、断然、しっくりくるだろう。だって、ジェシカのあの美貌があれば、あなたが心に描いた未来は、なんだってだいたい手に入るでしょうよ。それに比べて、小室氏が、いったい何を持っていたわけ？

ところで、アメリカのメンタル・モンスターといえば、ドナルド・トランプ大統領だろう。妻のメラニアの共和党大会でのスピーチが、こともあろうにオバマ夫人ミシェルからの盗用だと問題にされたときにも、「ヒラリーのメールを読むより多くの時間を割いて、記者たちはメラニアのスピーチ原稿を読み続けた。すばらしいじゃないか」と発言していた。悪口だろうとなんだろうと、とにかく、誰も彼も俺のことを話題にしていてほしいという、この感じ。まさに、日本が誇るコムケイ氏に通じるではないか。

渡米した小室氏が、既にモンスター級のメンタル強度を、どれだけ高められるのかは、今から楽しみ。こんな私のざれごとも、見事に彼を育む食餌《しょくじ》となってしまうことは間違いない。

意外と自己肯定感が低めな前澤友作氏

続いて、自己愛と自己肯定感が両方強そうな人としてご登場いただくのは、剛力彩芽ちゃんと付き合っているＺＯＺＯの前澤友作前社長（この本が出版されるときに、付き合って「いる」なのか、付き合って「いた」なのかは、不明だけれど）。この人については、各メディアで語りつくされているので、私が付け加えることはもはやない。ただね、自分のツイッターで自身を「応援したいか」アンケート取って、「応援したい」が7割だって。ねぇ、自分のフォロワー相手にアンケートを取るなんて、ワンマン体質の表れなんじゃない？　自分を決して批判しないとらわれの聴衆を相手に「俺を持ち上げろ」なんて、なんと裸の王様的な!?　もしや、この人、自己愛は強くても、自己肯定感が高くないタイプなのではないだろうか。

そう考えると、紗栄子の次に剛力ちゃんっていうのも、なんか理解できるような気がする。付き合う女の知名度により、自分のブランド価値を上げているのかも。いや、もともと剛力ちゃんのファンだったたって公言しているし、人気女優とか資産２０００億円超（減ってるかもしれないけど……）の社長とか、それぞれの属性を抜きにして、純粋に人間に惚れたんだって、両方がいうと思いますよ。いいのです。誰にでも自らを欺く自由がある。だが、私はこう思っている。もし、相手が剛力彩芽ではなく、武井咲であったとしても、前澤氏はきっと付き合っちゃったんじゃないかって。つまり、自分の成功の証としてのトロフィーワイフ的なアイコンであれば、ある意味、誰でもいいってこと（いや、もちろん、違うっていうと思うけどね。あくまで、私の勝手な決めつけ。当たってない可能性、もちろん大ありです。偏見をまき散らして、すみません）。

俺って、こんな人気女優が惚れてくれるような価値のある男なんだぜ的な自己確認。これは、自己肯定感が低い人がすることでしょう。コムケイへの道はまだ遠い。がしかし、そうやって解脱を目指す姿が、誰かを勇気づけるのでしょう。

うーん。自分を棚に上げて、他人に文句ばっかりいって、自己嫌悪がわきあがってくる。他人から批判されてもぶれてないという意味では、この人たち、少なくとも私よりははるかに偉い。彼らをあげつらうほどに、なぜか薄れていく私の自己肯定感……凡人の分際でメンタル・モンスターに立ち向かうのは、やっぱり無謀だったのかなぁ。

花田優一がたまらない理由

彼のブログを見てしまう

花田優一のブログが好きだ。あの浅すぎる「センスのよさ」がすばらしい。「お、と、な」というタイトルのもとに書かれた回では、「暇な大人たちに惑わされるな!!!!」と「少年たち」に呼びかけた。果たして、少年たちの何人がこのブログを読んでいるのだろう。雑誌記者とか、私とかじゃん、このブログの読者層。その前の「pierrot」には自作の画を載せてらっしゃる。この人の画、私は上手だと思っているのだけれど、妹によると「既視感がある」そう。

夜中に更新されるものも多い。おそらく、酔っぱらってブログを書いてらっしゃるのでしょう。そう、信じたい。素面《しらふ》だとは思いたくない。そして、圧倒的な自撮りの数々。自己肯定感と自己愛の強さはすばらしい。小室圭氏以来、私のレーダーにはじめて引っかかった大物である。

こういう貴重な人材を、世間はいじめすぎないほうがいい。だって、基本的にみんな彼のこと大好きじゃない？　ＳＮＳの仕組みに精通した知人は「ＳＮＳを長く見てもらうためにいくつもの研究がなされたけど、簡単よ。人は好きなものか嫌いなものしか見ないの」といっていた。好きでも嫌いでもいいのです。人の感情のひだに引っかかるのは、間違いなくひとつの才能でしょう。

彼の浅さがいろんな意味で心地よいのには理由がある。とりわけ最近は「浅はかな理解」が深刻な攻撃を呼ぶ社会になっているからだ。

〝こんまりメソッド〟を批判してはならない理由

『人生がときめく片づけの魔法』（サンマーク出版、２０１１年）を書いた近藤麻理恵（こんまり）さんは、ネットフリックスで新しい番組をはじめたらしい。アメリカ人のお宅を訪れてお片づけを手伝う内容とのこと。大人気の反面、批判もある。英語を話さないこんまりさんについて「超大国アメリカが衰えた」と嘆いたアメリカ人作家バーバラ・エーレンライクさんのツイートが批判された。

その前に、先ほどのネットフリックスの番組の中で、本が多すぎる家についての彼女のアドバイスが炎上する。「理想的には本は30冊以下に整理しましょう」という言葉が、作家をはじめとする本好きの人々の怒りを買ったのだ。彼女を名指して「モンスター」と批判するツイートも。好きなものと嫌いなものしか見ないという先ほどの言葉ではないが、炎上は注目の裏返しでもある。でも、それ以上にめんどくさそうだなと思うのは、こんまりをかばう人々が、彼女への批判に勝手に反論してくれるんだけど、それがどんどん大げさになっていくことだろう。

たとえば、こんまりメソッドは神道の哲学に基づいているからすばらしいとか。「服が喜んでます」とか、「眠っている本の目を覚ます」なんていう表現は、モノに霊魂が宿るというアニミズム的な発想に映るらしい。だから、そのふかーい精神的土壌を理解しないで、表面的な発言を批判するのは「アジア文化を正しく理解しない白人の傲慢さ」なんだって。ほっほー。片づけ法のお話は、いつの間にか文化論に発展している。

さらに、本をたくさん持っていて、それを置く場所もあるような裕福な白人層が、アジア人を蔑視しているという反論が出るに至り、社会階層をめぐる対立になる。そこに、「英語を話さない批判」という燃料が投下され、炎はさらに燃え盛る。こんまりさんの話は、アメリカ国内に住む英語を母語としない移民に対する差別意識の話へと、果てなく大きくなっていく。そっか、この人ってアメリカに住む英語を母語としない移民層の代表なんだ。って、ほんとに?? 手軽な片づけ法のお話が、いつの間にか文化論になり、社会階層論となり、移民問題となり、雪だるま式に巨大な問題ができあがってしまって、置いてかれる感、半端ない。

アジア人女性を搾取してきた白人男性という男尊女卑論争とか、東洋哲学を正確に理解しない欧米中心主義の無知とかに話題が発展するほど、その小難しさにうんざりしてくる。『人生がときめく片づけの魔法』って、そんなにご大層なことを仰りたかったものなのでしょうか？ なんかいつの間にか、いろんなものを背負わされちゃってだいじょうぶ、こんまりさん？

アリアナ・グランデの〝七輪〟タトゥー騒動が重たい話に……

アリアナ・グランデが新曲「7 rings（セブン・リングス）」に合わせて、手のひらに「七輪」とタトゥーを入れたっていうのも、私たちの感覚だと「あ、これ、日本では違う意味」っていうくらいのかるーいお話で終わると思うけど、アメリカでは深刻な批判の対象なのね、これ。当初、日本人のファンなんかは、お節介かもしれないけど、七輪って日本では「七つの指輪」じゃなくて食べ物を焼く道具ですよ、って指摘したんだと思う。だけど、そこから、「そんなに日本を理解していないで漢字を使うなんて!!」という深刻な批判に発展して、また置いてけぼりの感覚を味わう。えっ、そんな大げさな話をしたつもりじゃなかったんだけど。えっ、アリアナ・グランデはグラミー賞には出ないって、なんで? えっ、アリアナ・グランデはもう漢字を使ったグッズの販売は一切やめるって、ほんと? 「七輪」って違う意味だよっていう親切心で指摘したつもりだったんだけど、すっごく重たい話になっちゃって、なんか、ほんとに、逆にすみません……。

その文化圏に属していない人が、あさーく理解したまま、その文化を真似することは「カルチュラル・アプロプリエーション（文化の盗用）」として、少なくともアメリカ社会では、かなりの批判にさらされるとのこと。あらゆる少数者を表現の面で差別してはならないというポリティカル・コレクトネス（政治的に正確であること、つまり、どんな立場の人も〈特に長らく弱い立場に置かれてきた人を〉決して傷つけないという思想を、表現の面に及ぼしたもの）の一領域なのでしょうか?

日本人女性が自ら「ビッチ」って書かれたTシャツを着るのは、英語文化圏の人がびっくりするし、「日本の若い女性がこんなふうだと思われるのは恥ずかしい」という話が出たこともあったが、それと似ているかもしれない。「日本の若い女性は……」と、問題を大きくしないでほしい。意味がわかっても着続けるかは個人の選択の問題。もし知らずに恥をかいたとしても、勝手に恥をかき、勝手に学ぶのが若者の特権。大きなお世話だろう。ほっといてほしいはず。

そんなになんでも〝深い理解〟をしろって外野が騒ぐ必要ある？

結婚式のたびに、やれ「ご出席」の「ご」は「寿」で消せだの、つま先の空いた靴は履くなだの。私は結婚式をしたことがないからわからないのだけど、何人くらいがまじで「寿」で消してくるのか、それを見て当人はどう思うのか、いつかやってみたいと真剣に思っている。こういうのって、要は、その結婚を心からお祝いする気持ちを、なんとか形に表そうって話でしょ。本質的に重要なのはその気持ちなのに、形式をあまりに強調する人がいる。そういう人って、キモチよりカタチが先にきてしまってるように見える。それって、本末転倒（←この「キモチ」と「カタチ」をカタカナにする微妙な感じ、知らぬ間に花田優一氏に影響を受けているかもしれない）。

アリアナ・グランデのタトゥーだって、日本人はそこまで深刻に考えてなかったんじゃないかな。こんまりメソッドだって、本人に反論させればいいような気がする。アリアナは、英語を話せて、自分の意志が強いアメリカ人だから、批判があれば、本人が直接反論できる。こんまりは、英語も話せない、華奢《きやしや》で小さな女の子だから、かわいそうだから、かばってあげないといけないからって、外野が小難しい反論をする。大の大人であるはずのこんまりさんを、大学に迷い込んだ小学生みたいに扱うのも、逆に感じ悪いけどね。

「大の大人」→「おとな」→「お、と、な」

思い出してしまった。これは花田優一氏のブログのタイトル。花田優一氏を思い出すと、なぜかほっとする。クリスマスもハロウィンも、キリスト教文化だろうとなんだろうと、深く理解する必要もなく、あさーく楽しんじゃう私たちは、やっぱり花田優一氏くらいの浅さが好きで嫌いで、心地よい。

元貴乃花親方の苦悩
親になりきれない大人たち

親に要求される「自己犠牲」

貴乃花親方が角界を去った。今では「元貴乃花親方」が正確らしい。どれほど騒がれようとも、批判されようとも、彼のカリスマ性は否定しがたい。だってさぁ、この人のしていることが正しいかどうかはともかくとして、とにかく私たちはこの人の一挙手一投足に夢中だった時期がある。あのパーマのあて方とか、あのマフラーの巻き方とか、なんかちょっとウケると軽く揶揄《やゆ》しながらも、話題にしている時点で、すでに虜《とりこ》である。

さて、結局、彼は「我が子」のように思っていたと自負する弟子たちを、ある意味、置き去りにして角界を去っていくことになった。そうね。たぶん、親になりきれない大人というのは存在するのだと思う。そこで、今日はこのテーマで考えてみたい。

最近、私の同級生は軒並み親になっている。たまにランチに出られるときには、幼稚園にお迎えに行った子どもを連れてきて、大人同士の話に花を咲かせながらも、お腹の空いた子どもにお菓子を与え、退屈した子どもに本を読み聞かせ、そして「家に帰ったら、この絵本と同じようなおっきなシャボン玉、ママと作ろうね〜」とニコニコあやして帰っていく。

子どもは子どもでかわいいと思いながらも、ランチの間にすでに腹八分目を超えるくらい、お腹いっぱいならぬ、子どもいっぱいになっていた私は、帰ってからもなお、シャボンを削って水に溶かし、ストローで吹いてみせる友人の姿を想像して、畏敬の念を新たにする（いや、シャボンとかそういう昭和っぽいものじゃなくて、いまどきのシャボン玉セットはもっと楽なんでしょうけど……）。家に帰ったら、思う存分長風呂して、好きな本でも読みたいよね。

つまりね、何がいいたいかというと、親になるということは、主役の座を子どもに譲ることなんだろうと思う。少なくとも、子どもが小さいころは絶対にそう。子どもを真ん中にして家族写真を撮って、子どもが熱を出したら仕事を休んで、子どもが喜びそうなテーマパークを探して……。

絵本作家ののぶみさんが、お母さんの自己犠牲をテーマに書いた歌詞が炎上したことがあった。とはいえ、お母さんがやるにしろ、お父さんがもっとコミットするにしろ、親のある程度の自己犠牲は避けられませんな。それを「自己犠牲」と表現するのがいいのかどうなのかとかあるけど。喜んでやってるのかもしれないけど。

とにかく！！ 夜遅めに家に帰って、そのくせ1時間近くお風呂に入って、その後、気ままに仕事をして、気が向かないと晩酌でもしはじめる（うそ、仕事しないで晩酌）ような生活（＝私の生活）で、幼い子どもが育つはずがないってこと。

カリスマの悲哀

ところが、世の中には主役の座を譲れない人々がいる。これは、ワガママなどというなまっちょろいものではない。これこそまさに類まれな才能なのだ。

鼻にかかった語尾上がりの「なみはねぇ～」が決まり文句で、短く切った制服のプリーツスカートをひらひらさせて、自分自身については爪の先まで磨きあげることに余念がないのに、自分の身のまわりについてはごみは落としっぱなしで、教室の掃除当番の順番がまわってきてもつゆほども気にせずに下校していった私の中学時代の友人（↑でも、その実、東京の高校に進学する私を泣きながら見送ってくれたいいヤツ）は、それでも、立派にママになった。この前、その子のお家に遊びに行ったら、3歳の長女がティッシュ箱からティッシュを残らず引っ張り出しても、「あらあら、ママとお片づけしようね～」と遊びながらお片づけをしていた。子どもを持つことは、人を大人にするのだなぁと、しみじみ……。

だが、世の中にはワガママな凡人とはレベルを異にする圧倒的な「カリスマ」が存在する。

貴乃花は、明らかにその一人である。

現役時代から、彼はスターだった。若貴時代の彼の魅力は、それまでお相撲なんて興味がなかった、私のようなひねくれた少女も夢中にさせた。「よいしょっ、よいしょっ」と貴乃花の動きに合わせて体を左右にゆすりながら、祖母と一緒に真剣に取組に見入ったのは忘れられない。

右膝半月板の損傷という重傷で、誰もが、ほんとに誰もが「とにかく立ってるだけで偉いよ。絶対に勝てないから」と思った２００１年五月場所の武蔵丸との優勝決定戦。豪快な上手投げによるまさかの勝利は、表彰式で当時の小泉純一郎総理が語った「痛みに耐えてよく頑張った！　感動した！！　おめでとう！！！」という一言と合わさって、聴衆の心にいまだに鮮烈な刻印を残す。そして、その大一番からの長く続く休場とその後の散り際のはかなさ。実力はもちろんだろうが、彼はスターになるという、そういう星の下に生まれてきたのである。

そんなカリスマは容易にスポットライトの当たる場所から去ることはできまい。

親になりきれない大人たちのカルマ

　いや、彼が指導者として優れていないというつもりはない。弟子に慕われていないというつもりもまさかない。っていうか、私、お相撲とか、昔、けっこうよく見てたわりに、ルールとか全然わからないから、わからないことをくどくど語るつもりとか一切ないの。

単純に、仮に貴乃花が、たとえどれだけ指導者として優れていたとしても、もはや、そういう問題じゃないってこと。土俵から降りても、彼はやっぱりカリスマだったらしい。巡業でも、彼が土俵の下に姿を見せると、それだけで客席は色めきたったらしい。つまりね、天性のスターというのはそういうものなの。

　で、一度は主役の座を「我が子」である弟子に譲り渡して、裏方にまわろうとしたのであろう貴乃花も、結局、スターの宿命には抗えず、愛弟子・貴ノ岩に対する日馬富士の暴行に端を発する「貴の乱」でぐぐっと前に出てきてしまう。世間の注目は、貴ノ岩よりも、日馬富士よりも、貴乃花に集まった。

　そしてね、本人は角界を改革したいと信念を持っているとしてもね、もともと、この人、洗脳はお手の物だから。ほら、昔、この人、整体師の洗脳騒動とかあったじゃない？　たぶん、自分で自分をマインドコントロールしてるんだと思う。俺の信念はこうで、俺の目的はこう、みたいな。もはや、人から洗脳されるのも、自分をマインドコントロールするのも十八番《おはこ》なわけですな。ま、とにかく、角界の改革に邁進《まいしん》していると思い込んでいるとしてもね、いや、そうだと思うよ、自分的には注目を集めたいんじゃなくて、正しいことをしたいってそう自己暗示をかけてたと思うよ（またしても勝手な決めつけで、本当にすみません）。

　でも、この人は、潜在的に、多くの、本当に多くの人の視線を一手に集めるのが好きで好きで仕方がないのだ。いや、これって才能だから。普通の人間なら、あれだけマスコミから追いまわされたら病むから。それを「見て、観て、私を魅て」ってなるのって、やっぱりそれって、絶対に普通のメンタルじゃない。

「貴の乱」で世間から最大限の注目を集めていたとき、貴乃花は、最小限の情報しか出さなかった。どれだけカメラを向けられても、ニコリともせずに、弟子の貴ノ岩の影すらカメラに撮らせなかった。そしてそれは、世間の彼に対する視聴率が最も高まっている時期には、最大限に効果的な戦略なのである。餓《かつ》えれば、餓《かつ》えるほど、人は欲する。

　本能で人を惹きつけることに長けた彼であっても、さすがに騒がれて3週間も過ぎると食傷気味になってくる。どれだけ役者がそろっても、人は移り気なのである。で、そうなってはじめて、あれだけ、厳戒態勢で情報を出さなかった貴乃花が、なぜかブログで心境を吐露しはじめた。そのときに、私は、受け取ったね。「もう一度こっちを見て」というサインを。

それでさ、内閣府に告発状が提出されることで、レスリングのパワハラ問題が、世間から注目を集めると、貴乃花も右へ倣《なら》えの内閣府に告発状を提出。ここらへんから、みんな「へー、ほー」と。そして、今回、日本相撲協会を引退するにあたって、旧知とされる馳浩《はせひろし》元文科相を訪問して、複数のマイクをガンガン向けられ、政界進出の噂について聞かれたときのあのドヤッとした笑顔。そうなんですね、この人。見られれば見られるほど、注目を集めれば集めるほど、さらなるアテンションを求めるこの底なし沼のような深い深い闇。

スターの因業の深さに、私たちは酔いしれる。結局さ、弟子がどれだけかわいかろうと、彼は舞台を降りることはできませんよ。それは彼だけが悪いわけではない。土俵の下にいても、私たちは彼を目で追う。スポットライトは彼の頭上から離れることはない。

ねぇ、まったく問題がないと思うの。いいのよ、あなたはスターの星の下に生まれたんだから。弟子を育てる親方側にはまわれない。あなたの我慢の問題ではない。私たちがあなたを消費し尽くしたかったわけだし、もっといえば、神があなたをそういう星の下に創造したの。あなたは、このままスター街道を邁進していただければいいと思う。私たちは決してあなたを手放しはしない。

渡部建
ガストロノミー風多目的な考察

新潮流がきた

東出昌大さんの「3年不倫」と原田龍二さんの「4WD不倫」により、世の中の不倫の類型は出尽くしたと思われた。「杏さんが好きなのか、唐田えりかさんが好きなのか」と問われて沈黙した東出さんはバッシングを浴びた。逆にいえば、世の中全部を敵にまわしても、唐田さんへの配慮を示したともいえる。一方、複数の女性ファンと不倫していた原田さんの場合には、女性をマイカーで拾って、車内で10分間にわたり行為に及び、その後、彼女を最寄り駅で落とすという手軽さ。謝罪会見では、ファン、スポンサーと家族に対する謝罪の言葉を口にしたが、不倫相手に対する謝罪はついぞ聞かれなかった。

要するに「不倫相手に対して丁重な配慮を示したか」。That's all!!

と、ここで、新たな類型が現れる。渡部建さんの不倫については「六本木の多目的トイレ」のインパクトにひきずられて、原田さんと同じように、いや、それ以上に、不倫相手を雑に扱ったと思われがちである。しかし、単調かつ無粋なものに分類するのは「芸能界のグルメ王」渡部さんに失礼ではあるまいか。渡部不倫の特殊性は、その食卓の見事なまでの豊かさにこそある。

渡部建のグルメガイド不倫

登場する女性はA子さん、B子さん、C子さんの3人である。文春の記事によれば「渡部さんは、華奢なA子さんを気に入り、個別でホテルに呼び出すなど一時期は深い仲にあったという」（「週刊文春」２０２０年６月18日号）。まず、彼は、凡庸な不倫も難なくこなすことができる。

じゃあ、C子さんはどうかというと「渡部さんが彼女の自宅をお忍びで訪問し、肉体関係を持ったのは三回以上。夕方前、白ワインとおつまみ持参で現れて、少し飲」むという配慮すら見せている（同じく「週刊文春」）。原田さんよりもよっぽど丁重に女性を扱うことだってできる。

一方、B子さんへの対応は、当初から一貫している。前菜もデザートもない。つまり、その前に一緒にワインを飲むこともなければ、その後にシャワーを使わせてあげることすらない。帰り際に1万円を渡す（これ以上詳しく書くのは憚《はばか》られるので「週刊文春」をお読みください）。佐々木希さんはいうに及ばず、C子さんと比べたって、扱いの格差が際立つ。

　ここで、私は、はたと思い至る。そうか、そういうことか。渡部さんは、グルメもオンナも「格付け」をしていたに違いない。この女性は三つ星クラス。連れていくお店を綿密に選び、万全の態勢でデートに挑む。この娘は一つ星。近くまで来たからふらっと寄ってみるか。この女はビブグルマン。従来、リストアップしてきた「一流店」とは毛色が異なるものの、「庶民の味」も極めればまた美味なり。

　しかしながら、渡部さんの罪は、グルメと同じように女性をランク付けしたことではない。確かにかなり不快!!　でも、そんなことは誰もがやっているというのも、また事実。女性をデートに誘うとき「彼女にならこのレストラン。この娘だったらここでいっか」ってやるでしょ?　そして、私たちだって、デートのお店の格により、彼がどの程度の価値を私に見出しているのかを測るのだろう。もしかしてさ、渡部さんのグルメって、そういうとこからはじまったのかもね。この女性と食べるのに最もふさわしい一皿は何か。滴り落ちるジューシーな肉汁か、それとも、宝石のようなオードブルの数々か。この女性に似つかわしい店を探したいという男のあくなき探求心が、お店選びのレパートリーを格段に広げていったのかもしれない。穿《うが》ちすぎ？

男は、えてして、女を「ランク付け」するのが好きな生き物である。Facebookだって、ハーバードの女子学生を比較するところからスタートしたわけだし。「値踏み」帝王、マーク・ザッカーバーグと並び立つほどの「格付け」王、渡部建は、しかしながら、世界有数の企業帝国を築き上げるどころか、今や大変な窮地に自らを追い込んでしまった。彼の罪はいったいどこにあるのだろうか。

渡部建さんと「合理性の罠」

当初の私の分析はここで終わっていた。「格付け」王、渡部建ピリオド。女性を「モノ」のように値踏みするその上から目線に逆上し、思考がフリーズしてしまったのかもしれない。だが、知人の男性が私にこう告げる。「渡部さんの場合、妻の佐々木さん以外の女性にどっちが上、どっちが下というランク付けをしたわけでもないだろう。その素材を、もっとも適した調理法で、おいしく食したい。それに尽きるんだと思うよ」。これはなかなか目から鱗の視点である。

確かに、彼は奇妙である。B子さんを、当初は事務所に呼んでいる。そこから「多目的トイレ」。C子さんは、当初は自宅にお邪魔している。そこから、新たに渡部さんが提案したのは「会議室」での密会。なんだそれ？　最初はリスク回避だろうと思った。しかし、知人の男性はこう続ける。「多目的トイレって、そりゃフライデーには見つからなくても、出入りは防犯カメラに収められている。彼くらいの収入があれば、会議室を予約せずとも、フロントを通らないで地下の車寄せからホテルの部屋に直行する方法だってあるはずだよ」。

　そこで、私は思い出す。知り合いの中で最もグルメだった女性は、例会のお弁当には決して手を付けなかった。２０００円のデパ地下弁当は豪華である。松茸ごはんにちらし寿司。私にとっての垂涎《すいぜん》の的を、グルメな彼女はスルーする。代わりに、例会が終わったら、近所の焼鳥屋さんで、ランチ限定、熱々の親子丼をかき込むのだそうな。〆て１０００円也。そして、彼女は私にこう語った。「ねぇ、1日にたった3食しかないのよ。お仕着せのお弁当で1食の機会を無駄にしたくないの。その瞬間に、一番食べたいものを、一番おいしく出してくれるお店で。1食も妥協できない」。

　これぞ、食通!!

　試しに、渡部さんがかつて師と仰いだ有名食べログレビュアー「うどんが主食」氏の「マイベスト」を見てみよう。お気に入りのお店には「京味」と「うどん丸香」が両方とも入っている。5万円の対価をとる日本料理の名店と１０００円未満の庶民の味を無造作に並べる

――これこそが、現代の食べログ的美食家のスタイルである。高級店しか行ってないなんて、逆に、野暮ったい。「芸能界のグルメ王」渡部さんも、有名店ばかりでなく、路地裏の隠れた名店までをカバーするがゆえに評価されてきた。

そうなると、現代的美食家の意義は一流店を紹介することにはない。フレンチならフレンチ、餃子なら餃子で、デート、女子会、一人飲み、そのお店にふさわしい楽しみ方を紹介できることにこそ、センスが表れる。気合を入れたデートの場面で、近所のラーメン屋をチョイスし、超おしゃれして、フォークとナイフをカチャカチャさせて、3時間かけてディナーする。冷めたスープに伸びた麺。それって絶対おいしくない。飲み会がお開きになった深夜に、〆の一杯を、一人でずるずると音を立ててすするときにこそ、ラーメンはその真価を発揮する。

そのときどきに、最も食べたいものを、最もおいしく。のみならず、ありあわせの食材やお仕着せの料理に満足できない彼は、その一皿ごとに、素材のおいしさを最大限引き出すため、最適のシチュエーションを求めて自ら趣向をこらした。グルメ王としてのこのこだわりゆえに、渡部さんは文春砲に撃たれることになる。

女性を冷徹に値踏みし、釣り合う対価を支払う。せっかくなら最適のシチュエーションを整えよう（←彼にとってのね。女性にとってではなくて）。よく見てみると、各ピースには、部分最適の合理性が確かにある。

だが、完成されたジグソーパズルは、我々の目前に、解読不能なほどに不合理な文様を提示する。仕事でも会食でも家庭でも、彼はスマートな人間として評価されてきたのだろう。スマートでフランクで話題も豊富で、自らを「芸能界のグルメ王」「美人女優の夫」とブランディングしてその価値を高めていける有能な渡部さん。だからこそ、我々はそのギャップにどよめいたのである。あれほどにスマートで合理的な人が、なぜ、これほどに不合理なリスクをとったのか。

がしかし、ここで我々は重大な事実に向き合わなくてはならない。スマートであることと、淡白であることは、恐らく、別のベクトルだったのである。「スマートで理知的な男は、淡白。泥臭く感情的な男は、粘着質なまでに貪欲」。このステレオタイプは、渡部建という男の存在により、見事に反証された。スマートに、しかし、人生を貪りつくしたいと考えた男・渡部建、ここにあり!!

そして渡部さんの最大の失敗は、自らの業の深さをキャラクターの一部として表に出すことができなかったことだろう。仕事でも会食でも家庭でも、理性によって、感情をある程度制御する。そういう人は、逆に、「合理性の罠」にはまるのだ。彼のような上昇志向の強い人は、たぎるような欲望を、もともと胸の内に秘めていたのだろう。抑えつけられた本能は、マグマのような熱量を溜め、やがて獰猛《どうもう》な衝動となって自らの肉体を貫く。スマートな人と見られたいというプライドが、本能に素直に耳を傾け、自分の愚かさを認め、それを笑い話として表現する機会を奪ってしまった。

　さて、私は渡部建という男に急激に興味を持つに至る。小器用にまとめられた外見とは裏腹に、これほど深い慟哭《どうこく》の沼を、その奥底に抱えていようとは。彼がしたことはともかくとして、退屈に見えた男が、匂い立つほどに魅力的な観察対象として、今、浮かび上がってくる。

III

女の価値

Complex

「男らしさ」「女らしさ」、それは太古の昔から続く巨大な遊戯

「誘われるのを待つ→神に祈る」は有効なのか

私は、たぶんフェミニストにはなれないのだと思う。

医師の男性と話してたら、ふとした会話の弾みに、彼が「っていうか、女性側からプロポーズってしていいんだっけ？」と聞いた。この人、すごいことというな。医者の中には、ときとして、驚くほど保守的な人間が存在する。

がしかし、私の価値観もこの人と大差ないと今になって知る。この手の話題について、多くが保守的な価値観を持っているのではないか。「リベラル」といわれる人（または、それを気取る人）は、それをあえて口に出さない。それが良識だということになってるから。結局、中身じゃなくて、上辺が違うだけじゃないかって思う。

誘われるまで待つ、請われるまで待つという受け身は骨身に染みたもので、自分から誘うなんて勇気は、私にはない。この人は素敵だと思ったときに、そうタイミングよく向こうから誘ってくれるわけでもないから、為す術のない私は、神に祈るという、合理的な現代女性の標準から著しく外れた方法に頼る。この方法が効果を顕《あらわ》したことは、残念ながらいまだかつてない。

「10円単位の節約」は、男女で違った意味を持つ

私が、フェミニストになれないって思うのは、男が富を女が美を提供するって価値観をよしとしてるんじゃないかって感じるとき。小倉千加子さんに「カネ」と「カオ」の交換っていわれたあれね。

先日、弁護士事務所を経営している大先輩とごはんに行った。私の他には研究者が二人。庶民的な中華のお店で、熱々の料理を回転テーブルでまわしながら食べるスタイルは気楽で楽しい。食べログにも「リーズナブル」「コスパがよい」とのコメントが並んでいた（人はなぜ、「安い」をこうも繕いたがるのだろう？）。会計の段になったときに先輩は、

「ここは僕の家の目と鼻の先で、僕の庭みたいなところだから」

といって、伝票をさっと手に取ってレジに向かった。う〜ん、さっすがー。先輩ありがとうございます！　戻ってきた先輩は、私たちに向かって、

「ここはもちろん奢ってもいいんだけど、うーん、それだと気を遣わせるかもしれないから、一人5000円ね」

ふむ？

そう、そのとき確かに私は「ふむ？」と思ったのだった。

財務省時代から通った霞が関の大衆居酒屋でも、似たような経験をした。勘定書きがまわってきたときに、役所時代の上司はそれを見て私にこういった。

「山口は8000円でいいよ」

出したお金を上司が持っていって会計を済ませてくれた。で、私はお店の人に「私の分の領収証をください」と頼んだのだ。経費として落とせるのかわからないが、弁護士という自営業者になった後のたしなみだった。そこで、お店側は何を間違ったのか、私の分だけでなく全体の領収証を持ってきた。そこには、二人分の食事代の合計額として「お食事代　1万円」とあった。

これは「ふむ?」レベルを超えて、切なくなった。

女同士だったらこうはならないと思う。むしろ、さくっと割り勘にしてもらったほうが、

気を遣わないし、次に誘いやすい。主婦がスーパーで10円単位で切り詰めて買い物している分には「節約上手のいい奥さん」なのに、男だとみみっちいっていうのは、男女差別ではないかといわれそう。それなら認めてしまおう、私は男女不平等主義なのだろう。

男たちの美意識が壊れる瞬間をできるだけ見たくないと思う。少し無理をしてでもかっこつけたままでいてほしいと思っている。プライドを保っていてほしいというのは、彼らへの気遣いのみならず、私の切なる願いでもある。こういう態度はフェミニストから批判されるはず。

朝から髪を巻くのに疲れた女と、生意気な女をもてなすのに疲れた男

で、男がここまでやせ我慢をしてダンディズムだか何だかを提供しているときに、女はどんな価値を提供しているのってことになる。要するに「美」なのだろう。「カネ」と「カオ」っていってしまえば、身も蓋もないけどね。

私の友達は「美容室とか、お化粧品とか、めっちゃお金かかるじゃん？　男の人ってそういうのないじゃない？　そう思うとお会計持ってもらってもいいかも」といっていた。はあちゅうさんも美容代に月7万円かかるって計算して、奢ってもらって釣り合う的な発言をし

てた気がする。

これは見た目の「美」だけではない。かわいげを求められることもあるし、ときとしてそれは無知であることをも意味する。別の友達は「知ったかぶりされても、『そうなんだ〜。すごいね』って主導権を譲ってるからって思えば」といっていた。

デートのときに「食前にはいつも何を飲みますか?」って聞かれて、「ビールか、シャンパンが多いです」と答えたら、「ミモザって知ってます?」と聞かれたらしい。

知らないわけないじゃんって喉まで出かかったけど曖昧に笑ってたら、「ミモザ二つ」って頼んじゃったんだって、相手が。「シャンパンの大半をジュースで割ったうえに、大して値段も変わらない飲み物なんて、私は全然いいと思わない」のだけど、ニコニコ笑ってるわけだからってさ。うん、そうかもね。

私に似たような経験があるとしたら、女の子扱いされて飲み会に駆りだされたことかな。財務省のときにも政治家の先生が職員を集めて飲みたがってるみたいなことが、たまーにあって、「今日は、仕事はいいから、そっちを優先しなさい」みたいにいわれ、なんで私だけって思った経験がないわけじゃない。

弁護士になってからも、なんだかよくわからないが、他の法律事務所の中には打ち上げにきれいどころの秘書をずらっと並べるところもあるらしく、「お宅はそういうことできないんですか？」っていうプレッシャーがお客さんから来ることもあるらしく、で、秘書をかき集めるのはパワハラだかセクハラだか、その両方だかでまずいから、弁護士ならいいだろうと飲み会要員に選んでいただいたことがあった。

「そんなの屈辱!!」って抗議するほどの強い思想性もない私は、でも、なんだか煩わしいと思った。同期の男の子たちはその間にも仕事をしていて、結局は男女かかわらず仕事で評価されていくわけでしょ。

　この飲み会は仕事じゃないけど、その割にけっこう大変だったりする。だいたい「俺は客だぞ！」的な、高圧的なオジサマが相手で、彼が度量の広さを発揮できるくらいの適度な生意気さ加減が喜ばれ、だけど絶対に本気で怒らせちゃいけない。それなりに狭まったストライクゾーンに投げ込むことになり、とことん気疲れする。せっかくの高い料理だって、上手に味わえない。

　いや、別に文句をいうつもりはないの。上の世代には現役パワハラ&セクハラの人が残ってるし、そのうち一部は声が大きいのか、まじでパフォーマンスが高いのか、相当出世している。政財界で力がある人なら、めちゃくちゃな要求も無下には断れず、財務省のときだって弁護士になってからだって、上司は私の前で密かに手を合わせる。「今回は、本当にごめんね」って。

私は、もしかしてただだるいだけじゃなくて、こうやって「女の子」扱いされることに、どこかで満ち足りていたんだろうか。そういうことが一切なくなると、寂しいと思うようになるのかな？　うーん、そこまで突っ込んで考えてみるのも怖いけど、とにかく、心のどこかで、富を提供し美と交換するという価値観を肯定してしまっている。

だが、私の古い価値観とは逆に、世の中は中立性を志向しようとしている。イギリスの若い世代は、最近だと「レディファーストもしないほうが無難」なんだって。エレベーターを降りる順番を譲ると、部下の女性のご不興を買ったりするから、もう肩書の高い順番から降りようって。

現代人は、男も女も押しなべて疲れている。女たちは眠い目をこすりながら早起きして髪を巻くのに疲れたし、男たちは大して好みでもないうえに、奢ってもらって当然って態度の生意気な娘をもてなすのに疲れている。もう、お互い、こんなの投げ出したい気持ちなのだろう。

「男らしさ」「女らしさ」というルールを決めて、お互いにやせ我慢してそれを守って称賛しあう——太古の昔から続く、この巨大な遊戯はそのうちなくなってしまうのだろうか。私の中学なんて、女の子が家庭科で刺繍《ししゅう》している間、男の子は技術科で金属加工とかしてたけど、ああいうのは今はもうやらないのかな。それとも、また揺り戻しがあるのだろうか。

どちらがいいのか、私にはまだよくわからない。今決めているのは、めんどくさいから今日はメイクしないってことだけ。ということは、美の提供も何もとっくに放棄したわけだから、5000円徴収されたとかでグチグチいうのも、やめないとね。ほんとに今までごめんなさい……。

10cmヒールと長い爪で武装したら「未確認飛行物体」になっていた

私ってそんなに「高飛車」な女ですか!?

私は正直、心の底から傷ついている。もやもやして仕方がないので、とりあえず書いておこうと思う。

先日、ある会合で同年代の女性にお会いした。初対面の私に彼女は「あなたにぜひ紹介したい○○さんという男性がいる」という。後日、「○○さんのことでお話ししたいことがある」と呼びだされる。

「ぜひにと推したんだけど、○○さんから『会ったことはないが、その人は知っている。あんな高飛車で心が醜い女と会う気はしない』といわれてしまったの」とのこと。「『実際会ったらイメージとは違うからぜひ！』と勧めたんだけど、それでもどうしても嫌だって」。

私は、その話を聞きながらとても傷ついていた。「仕方がない」と思う。「東大首席」と冠した本を出して世間に顔を向けてきたのだから、それに伴う負の側面も甘んじて引き受けるべきだ。だから、責めるつもりはないけれど、傷つくのは私の自由だろう。話をなるべく聞き流すようにしながら、早く一人になりたいと思った。一人でゆっくりと悲しみを噛み締めて、早く涙と一緒に流してしまいたい。

後日、彼女から再びメールが来た。

「○○さんの職場の人たちもあなたの悪口をいっているようなお話でした」

私は、ようやく閉じかけた傷口に再び塩を塗られるような、そんな気持ちがした。

同時に共感力の欠如というのは、恐ろしいと思う。紹介者にはまったく悪気がないのだろう。自分の言葉で相手が傷つくことを想像だにしない。そういう他人の感情を遮断する力は、現実社会を生き抜くための重要な能力ではある。私はどうも傷つかないと思われやすく、ネガティブな評価を面と向かって伝えられることが、比較的多い。そのたびに、私はいちいち動揺するのだ。

よしわかった。心が弱ったときの名言検索をしよう。

「私は強くて、野心家で、自分が欲しいものがはっきりわかってる。それで、私がビッチだっていうなら、ええそれでけっこう」

ひっ、むーりー。絶対無理！　こんなメンタルにはなれそうにない。やっぱり、「セックスシンボルって呼ばれるのは当然よ。だって、私、セクシーだもの」っていっちゃう人は違うわ。マドンナは名言として崇めるにも大物すぎた。逆に凹んできた。

仕方がないから「傷つけるほうになるよりは、傷つけられるほうが、どれくらいましだろう」と思うことにする。

こういうことにいちいち傷つかない人になっていくことと、強い人間になるってことは、本質的に違うと私は思うから。自分の感情に対するセンシティビティを失っていくことは、他人への共感力も薄れさせるだろう。他人を傷つけないだけの配慮を保つためには、自分が傷つくのはやむなしってこと。

ちょっとぶりっ子しちゃった（笑）。やっぱり「心が醜い」とかいわれて根に持ってるみたい。だから、ここに来てのいい人アピール。このくらいいいでしょ？

っていうか、なんでもスルーできる人って、人間としての器が大きいと思うんだよね。細かいことにいちいち動揺するタイプは、泰然自若《たいぜんじじゃく》になれない。私なんか、本当は毎朝、櫻井よしこさんとか思い浮かべながら「毅然としたスルー力」って、自分にいい聞かせてるけど、全然、器が広がらないの。だから、「傷つけるよりは傷つくほうがまし」云々は、ただの負け惜しみ！

ところで、こうやって面と向かって傷つけられることが、私の場合、意外と多い。

これってデート？　いいえ、新党結成のお誘いです

金融機関で働く友人とごはんに行った。やけに照明の薄暗いムーディなレストランで、「なにこれ、デート？」って思ってたら、デザートのときに「新党を作りたいんだけど、一緒にがんばらない？」っていわれたからね。

うん、これは共感力の欠如とは関係ないけどね。ただ、金融機関で働く男なんてろくなもんじゃないと思ったわけ。うん、極めて限られたサンプルだけどね。先週は嫌なことばっかりだったから、もう公平でいることは放棄！　もういい！　みんな嫌い！

そんなこんなを、つらつらと女友達に話すと、「あえて嫌なことをいってくるのって、単なる共感力の欠如だけじゃなくて、悪意がある場合があるんじゃない」といわれた。

そうか。あえて私を傷つけようとしていた可能性もあるのか。で、なんのため？　と聞くと、彼女は「私たちの劣等感を刺激して、優越感を保つため」という。

考えてみると、私は同年代の男性からは遠ざけられるか、かわいそう扱いされるかどっちか。もしかしてハイスペ女子の存在は、誰かの心に静かに眠っていたコンプレックスと弑逆《しいぎゃく》心《しん》に火を点ける起爆剤になるのかも。ハイスペ女子が劣等感を刺激し、そんな女を叩いて優越感に浸るという。そんなの物語の中の仮想だと思ってたけど、現実的な仮説にも思えてく

る。で、男からも女からもマウンティングされ続けるハイスペ女子は、サンドバッグ状態……。

弁護士になりたての私が超音波のように高い声で話していた理由

被害者ぶって書き進めてしまったが、叩かれる原因に心当たりがないわけではない。

財務省を辞めて弁護士になった当時の私は、けっこうヤバいヤツだったと自覚している。10cmを優に超えるヒールを履いて、派手なマニキュアをした爪を長く伸ばし、超音波のように高い声で話していた。高いヒールを履いたのは「誰にも見下ろされたくなかったから」。じゃあ、爪と声はどういうつもりだったのだろう。

先日、社会人先輩の真紀子さんにごはんをごちそうになった。真紀子さんは、手入れの行き届いた艶やかな長い髪を緩やかに巻いた大変な美人だが、手元を見ると爪は短く切り込んである。

「新人のときに、ボスに『爪だけは伸ばすな』っていわれたの。『女として扱って』って社内で主張することだからと」

そっか、新人の私が爪を長く伸ばしていたのは女として扱ってほしかったからなのか。さらに、高い声で話すのはかわいい女の子に憧れる気持ちがあったからかも。

仕事では負けたくないけど、重いものは持ってほしい。議論には一丁前に加えてほしいけど、飲み会では女の子扱いしてほしい。ハイスペ女子は、矛盾する欲求を社会に突きつけている。見下されたくないと同時に、女でありたくて、かつ、かわいくありたいなんて、まったく違う方向を同時に目指して、ジグザグに飛行を続ける私は、「未確認飛行物体」さながらだったのだろう。

ハイスペ女子によって想起される劣等感と、そいつらを叩くことによる優越感なんて大それたものではなくて、ブンブン飛びまわる、このワガママ女、うるさいな、ちょっと叩き落としてやろうくらいの気持ちだったのかな?

私は今でも高いヒールを履き、長い爪を研ぎ澄ましている。矛盾した欲求をいまだに整理できていない。もしかして、ただかまってほしいだけなのかもしれないとも思う。

ほら、マザー・テレサは「愛の反対は憎しみではなく、無関心」っていってたでしょ?

(↑「テレサ様御格言」ってことになっているが、実は、エリ・ヴィーゼルというノーベル平和賞作家の言葉みたい。どっちもノーベル平和賞受賞者だし、誤差範囲かな?)

叩かれても、憎まれても、無視されるよりはましだと、そうやってハイスペ女子は「物言うマイノリティ」になっていくのではないか。

私はマドンナにも、マザー・テレサにもなれないし、新人弁護士だったころは、かまってほしいだけのイタい人だったし、そして今でも基本的にはそのころと変わっていないのではないかと考えるとぞっとするけれど、それでもいまだ定まらぬゴールに向かって、自分が真っすぐだと思う道を今日も進んでいくのだと思う。それが他人から見ると、未確認飛行物体さながらのジグザグ迷走でもね。

「20代半ばはババア」発言で身につまされた女の「若さ」の価値問題

あのときの悔しさを忘れない

小出恵介が17歳の少女と性行為に及んで、結果として無期限で活動中止となったというのが、目下の私と妹の家での話題だ。

17歳の少女に落ち度があったのか知らないが、小出恵介に傲慢で短慮な側面があったのも、否定しがたい事実であるというのが、我々が到達した結論である。

小出恵介が17歳の少女に対して、「20代半ばの女がすごいアプローチをかけてきたけど、そんなババア、俺が相手にするわけがない」という趣旨を語ったと、「フライデー」に書かれていた。

っていうかさ、小出恵介って33歳（当時）なわけじゃん？　どういう神経があれば、33歳の男が自分より10歳近く若い女性を「ババア」呼ばわりできるわけ？

この発言が、私たち30代女性にとって決定打になることは間違いない。そして、小出ファンの多くは30代の女性なのだろう。ということで、彼が完全復活に至るまでの前途は多難である。

私は29歳のときに、友達の家で会った男の人に「いくつ？」と聞かれた。年齢を答えると「なんだ……ババアじゃん」といわれて、一瞬、言葉を失った。

念のため付言するけど、相手は30代後半で、身長が低くて、顔色が悪くて、趣味の悪いニット帽を室内でも被った自称クリエイターという（＝いかがわしい）……。その上から目線は、いったいどこに根拠があるのよ？　だけど私はこのとき、何も言い返すことができなかったのだ。今思い出しても悔しい。

（1）上野千鶴子にフェミニズムを学んだタレントの遙《はるか》洋子は、「『年齢は？』と男に聞かれたら、『年収は？』と聞き返す」らしい。なかなか戦闘的だ。

（2）夏木マリのクラスになると、「年齢は単なる記号にすぎない」という有名な名言で切り返すこともできる。まぁ、夏木マリさんに年齢を聞いたりしないだろうが。

このとき私が言い返せなかったのは、「若さ」は女の価値のひとつと思っているからだ。

「モテる自慢」の一言で片づけられた送り狼未遂事件

転職を考えていた20代のころ、同業の大先輩に紹介された。私より30歳近くも上で、仕事での評価が確立した人だ。はじめはオフィスで会い、その後、紹介してくれた人を交えて飲みに行った。後日、「食事でもしよう」と、またお声がけをいただいた。仕事上のアドバイスから国際社会の中の日本の位置づけまで、彼はなんでも一家言あり、ひとかどの人物という感じだったし、そういう人が私を面白い話し相手と評価してくれていることに、一人前の社会人になったような誇らしさを覚えた。

送ってくれるという紳士的な大先輩のお言葉に甘えて、私は一緒にタクシーに乗った。だから、私の家の前でタクシーが止まり、私と一緒に彼も降りてこようとしたとき、一瞬、その意図を理解できなかった。

「いいじゃない？」

という彼のささやきが、やけに生々しく耳に響き、私は瞬時に彼の意図を悟る。

だからこそ、あくまで気づかないふりをして、「またまたぁ」と笑い飛ばし、後部座席のドアをバタンと閉めて、タクシーの運転手さんに

「ご自宅までお願いします！」

とできるだけ、からっとした口調で告げたのだ。

一人で家に帰ってシャワーを浴びていたら、急に自分が惨めに思えて泣けてきた。そこで、私は、その当時付き合っていた人に電話をかけた。

付き合っていた彼と話すうちに、私は二つの事実に衝撃を受けた。ひとつめは、親子ほど年の離れた大先輩であろうとも男性と二人でごはんを食べたことを彼が面白くないと思っていること。二つめは、「はい、モテる自慢ね」と片づけられたこと。

そこで、私は学んだのだ。

私たち働く女子と働いて社会を支えてきた男性たちとの間には、埋めがたい溝があると

（で、とにかくその日は一人でやけ酒を決め込む……）。

「男たちは女子をメスと見ている」

後年、私はやっぱりこのタクシーでの出来事に納得できずに、他の男友達に愚痴をいった。

「ねぇ、これってセクハラだよね!?」と。

すると、男友達は私にこう告げた。

「何いってるんだ。君にはNOという権利があったんだろ。じゃあ、それはセクハラでもな

んでもないだろう。だいたいねぇ、男たちは常にお膳立てして奢って誘って、女たちは最後にNOというだけなんだ。これがダメなら、もはや口説くことすらできないだろう」

そうなのか。そういうことなのか。

大学1年生になったばかりの東大のクラスで、私は「男子」についてある発見をした。全60名中女子が6名という圧倒的な偏りのあるクラスは、大半が男子校出身者だった（↑偏差値が高い学校には男子校が多いから）。

男子校出身者の多くは、女子と目も合わせず、会話もぎこちない。だが、それは無関心ではなく、逆に異性に対する関心の裏返しだ。実際、男たちだけの空間では、クラスの女子を話題にして評価するらしい。その評価の内容は、成績でも能力でもなく、主に私たちがどれだけ性的にアピーリングであるかというところにあるらしい。

ハーバード大学の男子サッカー部員だって、女子部の1年生を性的に評価してレポートにまとめて部内で回し読みしているのだから、これは知性や教養が低いゆえ云々という問題ではない。

「彼らは女子をメスと見ている」。それが私の発見だった。

もっとも、性的対象と見られることに憤慨するほどでもなかった。だいたい、ニキビを頬に残す10代の男の子たちは、見た目からわかりやすくオスの匂いをぎらつかせていて、滑稽《こっけい》だとは思ったが、脅威に思うほどでもなかったから。

ところが、大学生活中から、彼らは明らかに垢抜けはじめ、社会に出て働きはじめてからは、着るものも食べに連れて行くところもスマートになった。家族を持って社会的地位を得てからは、昔のとがったオス臭さなんてまったく感じられないほどに、「余裕のある紳士」になった人が大多数だろう。

「女として見られること」への優越感と嫌悪感

だが、一人でタクシーを降りて家に帰った私は、上辺がどれほど洗練されようが、（全員ではないだろうが、少なくとも一部の）根本にはあのオス臭さが残っているのだと知って厭わしさを覚えた。駒場キャンパスの能天気な青空のもとでは滑稽に感じた欲望を、このときの私は笑えなかった。オス臭さがわかりやすくプンプンする男の子たちとは異なり、上辺を取り繕って、常識ある大人として登場しながら、同じ欲望を隠し持つのは卑劣だと感じたからだ。

最近になってそれが、相手への憎悪ではなく、自分への嫌悪ではないかと思うに至った。

性的な関心を向けられたとき、おそらく、私は、反射的に優越感と嫌悪感の両方を抱く。

優越感は、同期の男の子たちにはアクセスできない、自分にだけ開かれたドアがあるということに対して。いや、もっと直截的に、どれほど円熟した男であろうと、この瞬間の愚かな衝動をコントロールできないことに対して。その原因の一端が私にあるとしたら、私は彼を支配しているような、そんな全能感がわく。

嫌悪感は、自分に媚びがあったことに対して。若いときでさえ、いや、若いときだからこそ、私は、それがある種の男たちに代えがたい価値を与えることを十分に理解していた。そして、その構造に乗っかったのだろう。いや、そういう理性的な計算だけならまだよかった。どこかで私は女として見られることに、愉悦があったのかもしれない。そのとき、私は、彼らが私をメスと見たのではなく、私自身の中にメスを見出して、心底、「気持ち悪っ」と思った。

優越と嫌悪——女性であることへの強い執着を、私は自分の中に見出す。私の感じた優越の一端は、お釣りがくるような年齢差にあった。駒場キャンパスの大学生のように若者同士ではない。「若さ」の価値を共有する者の間では、年齢差は若いほうに優越感をもたらす。

年を経ても私は、女であることから逃れられないだろう。ならば、これから年を取るにしたがって、優越感は薄れ、嫌悪感ばかりが強くなっていくのだろうか。

そして、私はあのときタクシーから一緒に降りてこようとした男を憎んだ。あの男のオス臭さに反応して、私は自分の内側にメスの匂いを見つけ、嫌悪感にうんざりする。でも、それでも相手の目の中に確認せざるをえない。私がまだ性的対象として見られうるかを。

　こんなグダグダした複雑な惨めさを生み出したのが、あっけらかんとした単純な欲望なんて、とてつもなく恨めしい。

　待って。深刻な話を書いててふと我に返ったけど、最近、複雑な葛藤とかないかも。「いくつ?」とか聞いてくる男たちがいるチャラチャラした場所に行かなくなったし（っていうか、呼ばれなくなったし）。大先輩とごはん行くより、家のお風呂でチューハイ飲むほうが楽しいし。うむ……女であることから解脱したのだろうか。やばい。瀬戸内寂聴ばりの悟りとかまだ開きたくないわ——。欲望、カモン。

「東大↓官僚↓ハーバード」だからって、
豊田真由子様とは違うだろ！

周囲を気にして、勝手にストレス貯金する女たち

「東大↓官庁↓ハーバード」というキーワードが共通という理由で、「豊田真由子議員についてどう思うか」という質問を受けることがあった。私からすると、これほどお門違いの質問はない。豊田真由子様が抱える問題を、ハイスペ女子全体が抱える問題に帰納するって無理でしょ？　どれほど怒ったとしても、人に暴力を振るうというのは違うって、私、そう思います！

国会議員になった丸山穂高君は、官僚時代の同期である。普段はナイスガイだったからこそ、居酒屋を出た後、口論になって相手の手を噛んだというニュースには驚いた（この後、さらに「すごい人」になったね!!）。速水もこみちの弟さんなんか、車の幅寄せをめぐる口論から相手の肋骨を折ったらしい。こういうステレオタイプはNGなんだけど、怒りを暴力

で表現するという発想は、どちらかというと男性的で、口達者なハイスペ女子からは縁遠いように思えた。

　とかなんとか、ぐちぐちいってたら、私も人を噛む（フリをした!?）ことが発覚。

　前に妹と旅行に行って、朝起きてシャワー浴びて1杯、朝食を食べてお部屋に帰って1杯、プールから戻って1杯、そして夜には1本、2本と順調に杯を重ねたわけだが、次の日の朝、二日酔いで鈍る頭で目を覚ますと、妹がぷりぷりしている。

「ちょっと〜、真由〜、昨日の夜のこと、ほんとに覚えてないの？」

　うーん？　私たちは、日本最大の獣害と呼ばれる「三毛《さんけ》別羆事件《べつひぐまじけん》」の話をしていたのだ。三毛別という北海道の開拓村が、超巨大なヒグマに襲われて多くの死者を出したという痛ましい事件である。その後、バスルームに向かった私は、何を思ったか、突然、リビングに走り込み、

「クマやで〜」

と「ガブっガブっ」いいながら、妹の腕をつかんだらしい。

　なんなんだろう、私って不謹慎かつ不道徳。うん、最低……。

　ちょっと話があらぬ方向に向かってしまったが、そうそう、豊田真由子さんの話。

　で、結局、暴力性向云々について、私もあまり厳しいことをいえなくなってしまったのだ

けど、ひとついえるのは、ハイスペ女子の多くは、周囲の視線を気にしてストレスをためこんでること、そして、そのため常にイライラしていること。ちょっと待って、ひとつじゃなくて二ついっちゃったかも!?

ニコニコしている上司でも、マグマのような怒りをためている

まず、ハイスペ女子の多くはイライラしている（と私は思う）。社会の何に対して怒っているのか、正確には表現できないが、とにかく私たちは終始ムカついている。

この間、仕事の待ち合わせに遅刻しそうで、麻布十番駅をつかつかと歩いていた。そしたら、そこら中人人人で通行規制。かつ、浴衣姿で華やいだ集団が、楽しそうにゆったりと歩いている。そっか、今日は麻布十番祭りか。と思うと、なんか無性にイライラするの。私は仕事に遅刻しそうなのに〜〜〜（↑遅刻しそうなのは、私のせいだけどね）。

で、家に帰って開口一番、妹にこういった。

「ねー、ありえないんだけど。麻布十番祭りでさ、女の子が浴衣着るのはいいよ。で、なんでカップルの男側まで浴衣着て、手つないで歩いてるわけ？　ねぇ、私のイライラをどうしたらいいのよ」

すると、妹も「そういうカップルに限って、着付けがだらしなかったりする〜〜〜」と謎に怒りだした。イライラした者同士だと、八つ当たりをいさめるどころか、怒りが伝播してっちゃうのよね。

で、私の器の小ささは放っておいてもらうとして、働くハイスペ女性上司には、イライラしている人が多かった。

新人の頃、弁護士事務所の女性上司が夜のオフィスに戻ってきた。疲れているように見えたので、「お疲れですか？」と声をかけると、

「うん、くだらない飲み会が続いてね、昨日のとかひどかった」

はーっとため息をついた。

で、私の顔を見て「はっ」とした表情をし、私もそのとき「あっ」てなる。だって、昨日の晩って私たち新人歓迎のディナーじゃない!? で、私は、そのとき、気まずいながらもちょっと同情したというか。なんか、この人は、あのディナーの間も、エチケットを知らない新人相手にイライラしどおしで、そうやってストレスをためこんで、消耗してるんだろうなって思いました。

一見ニコニコしているように見える女性上司も、内心ではイライラの炎を燃やしていることが多い。別の弁護士事務所に勤める友人が、ナナコ先生という女性上司の話をしてくれた。

ナナコ先生は、かわいらしい顔で、ぽっちゃりをかなり行き過ぎにしたような体形だった。

「先輩から一度、『ナナコ先生って、いっつも、あれキュロットはいてるの？　それともスカート？』って聞かれて一生懸命に観察したんだけど、『両方の太ももの間がぴったりとくっつきすぎて、もはや肉眼では判別不能です』っていうしかなかったのよー」だって。

　私も意地悪だけど、この友人の底意地の悪さにはさすがに引きました。人の容姿について、そこまで扱き下ろされると、同調できない。

　でも、友人にも友人で理由があった。にこにこナナコから鮮烈な八つ当たりの洗礼を受けていたのだ。彼女がまだ右も左もわからない新人弁護士のときに、待っていたエレベーターのドアが開いた。中には、ナナコ先生と、これも巨体で知られた二人の男性弁護士が……。乗り込もうとしてぎょっとした友人は、思わず立ちすくむ。そこににっこり笑ったナナコ先生が、「事務所の三巨頭～」と高らかに愛嬌を振りまくから、友人は思わずぷっと吹き出してしまった。だが、これがいけなかったらしい。

「あの子、なんなの？　すごい失礼なんだけど!!　少なくとも、私の仕事はさせないから、この先ずっとよ」と、甚だしくご不興を買ったらしい。

　自分からいいだしといて、自分からキレるなんて、相当、イライラしていたんだろうねぇと友人と話し合った。

私が見る限り、エリートと呼ばれる女たちは、社会の軋轢《あつれき》にさらされるためか、細かいことまで気を遣いすぎるからか、イライラをためる傾向にある。その体は、細かろうと太かろうと、マグマのような怒りに満ちている。そして、その怒りは発散する対象を、常時、探している。正当な怒りだろうと、八つ当たりだろうと、もはや知ったことじゃないのだ。

国語で何点取ろうとも、感情表現はうまくならない

だが、それ以上に目を引いたのは、豊田真由子様の、まさかの脆さだろう。同じ自民党で、これまた不倫ヌード写真を週刊誌によって全国的にバラまかれるという、ありえない失態を犯した中川俊直先生は、直後の国会審議にも出ていたし、坊主にして釈明会見も開いた。惚れやすい性格かと尋ねられて「小さい頃から多くの人が好き、動物が好きでした」と謎に博愛をアピールする会見は、想像の斜め上をいき、怒りを持って見守っていた有権者も、さすがに失笑せざるをえなかった（と思う）。

対する豊田先生の神経の細さは、なんなのだろう？　騒動の直後から、憔悴《しょうすい》し、入院し、人前に姿を現すことは一切なかったのだから。あの強気な暴言の数々からは想像もつかない弱さだが、人に強く出る人というのは、概して弱い人間なのだ。

私も細かいことを気にして、終始、落ち込んでいる。途中で話しかけられて、そっちに気をとられちゃって名刺交換がおざなりになったけど、嫌われたんじゃないかとか。素敵だなと思った人に、メールしようとすると、ちゃんとしたことといわなきゃと思って、逆に変なことばっか口走ってて自己嫌悪とか。はたまた、こんなハイスペ女子シリーズ書いてていいんだろうかとか。この記事を読んだ人は反感を覚えるだろうし、もうやだなーとか。うーん、細かい悩みから大きな悩みまで思い出されて、ほんとに落ち込んできちゃった。

私が知る限り、ハイスペ女子の多くは、気にしいである。その中の一部は、細かいストレスをためこんで、ある日、ポキッと折れる脆さも併せ持つ。この間、ちょっと前に知り合った友人と話をしたときもそう感じた。彼女はコンサルティングファームに勤めながら、３人の男の子を育てる肝っ玉系の女性で、なんか底抜けに明るいというのが第一印象だった。ところが、じっくり話を聞いてみると、いろいろなことを細かく気にする人だとわかった。

聞けば、以前働いていた金融機関を、突然、退職して周囲を驚かせた経験があるという。

「私は、細かいことでいちいち傷つくんだけど、それでもヘラヘラ笑っちゃうわけ。で、それまで何年にもわたる細かいストレスが限界までたまってしまって、辞表を出したんだけど、まわりからすると青天の霹靂だったみたい。あんなに楽しそうに働いていたのになんで？ていわれた」って。

国語で何点を取ろうとも、私たちは、感情を表現することが決してうまくないのだろう。怒りや失望を、適切に表現するのは、とても難しい。私たちはつい怒りを増幅して表現してしまったり、逆に、悲しみを表現できずに己の中にためたりする。そして、八つ当たりする自分の醜さに凹み、吐露できないつらさにさいなまれる。生きることは失望の連続。等身大の自分に戻ってすべてを吐き出せる相手や場所が誰にでも必要なのだと思う。それを持たない人間は強いふりして脆い。

ところで、なんといっても悲しいのは、豊田真由子の怒り表現の豊かさではないか。怒りに我を忘れる。冷静さも平静さも木っ端みじんに吹っ飛んでいる。が、相手を侮辱する語彙の豊かさと比喩の鋭さには、この人本来の知性がいかんなく発揮される（まぁ「ハーゲー」みたいな稚拙表現も多いけどね）。「運転中に叩かないでくださいっ」って秘書にいわれて、「どんだけ私の心を叩いてる」と切り返すのとかすごくない？

感情表現は最低レベルの八つ当たりなのに、語彙だけ最高レベルに豊かってどういうこと？

自分と和解できない女たち

スキャンダルの後に速攻で和田アキ子に根回しできちゃうこじるり

日曜日の昼間、妹がＴＢＳの「アッコにおまかせ！」をつけていて、私も息をひそめて見守っていた。その週の注目ポイントは、番組の準レギュラーのこじるり（小島瑠璃子）の初スキャンダルに切り込むか否かだったから。

初スキャンダルといっても、関ジャニの誰だかとお泊まり月何回とかそういう系統。相手にはさほど興味ないんだけど、こじるりには興味ありあり！

結局、テレ東の選挙特番でのこじるりのレポートが素晴らしかったと散々持ち上げた後に、番組はちらっとこの件に言及した。だって、スルーしたらまたなんかいわれちゃうもんね。

「全然いいんちゃう？　お互い独身だし」が和田アキ子のコメント。うん、同感。別にいいよ、誰もそこまで責めないよ。

私が注目したのはむしろ次のコメント。

「うん、確かにこじるりからは電話もらったよ、ほら、私もよく一緒に飲みに行ったりしてるし」

そこで私は、こじるりを「優等生病」と命名したわけ。

だって、弱冠23歳（当時）で、その気のまわし方とかちょっとおかしくないですか？ 力のある人と飲みに行ってコネクションを作り、さらにはピンチのたびに電話してさり気なく助言を仰ぐ。アドバイスなんていらないという賢い子もいるだろうが、それでも殊勝にお礼を口にするのは、さらに聡明な証。

ベッキーもこの手の優等生病だったのだろう。自分への要求水準が異常に高くて、とにかくキリキリがんばりそう。松居一代が優等生かどうかはともかくとして、だらけることを許さず、自分にも他人にも厳格なところは基本的に同じ。

で、今日はハイスペ女子の「優等生病」について考えてみたい。

「女の立ち位置は小学校入学時に既に決まっている」

彼女たちのように気遣いがデキる人間ではない私は、失敗ばかりだが、そのたびに気持ちを切り替えられずに、鬱々としてしまう。

たとえば、それは土曜日の朝のめくるめく自己嫌悪から始まる。前の晩の金曜日、私はある集まりに顔を出した。さほど長居するつもりはなくて、遅くとも日付が変わる前には家に帰ってくるはずだった。ところが、何を間違ったか三次会まで流れてしまい、気づくと午前3時を過ぎる始末。飲み会ではまわりを盛り立てるのが、私の習い性になっている。学歴だけで警戒されると、過剰にへりくだる癖がつく。一度会食をともにした妹が、「真由ってまるで道化」と帰り道につぶやいたときには、ドキッとした。

さらにいえば、私は特にまわりの女性に気を遣ってしまう。

小さいころ「王様、姫様、豚、こじき」って遊びありませんでした？　自分の名前の文字数で自分がキングなのか姫なのか、はたまた豚かこじきかを占うの。私の名前は

「や・ま・ぐ・ち・ま・ゆ」で6文字。

だから、「王様、姫様、豚、こじき、王様、姫様」。

えっ。ちょっと待って。私「姫様」なんだけど。私、今の今まで「こじき」だと思い込んでた。保育園のあの日に何度やっても、私は「こじき」だったんだけど。どっちが間違ってるの？　今の私？　あのときの私？　ここの自己認識が、今の私を作り上げちゃったんだけど。これまでの「こじき」としての私の年月を取り戻して、「姫様」として生き直したい！

まぁいいや、あんまりよくない、でもいいや。

「女の立ち位置は小学校入学時に既に決まっている」と林真理子さんがお書きになっている。これを読んだときに、目が開くような気がした。確かにそうなのだ。保育園のときに自らをこじきと認識した少女は、とにかく姫君にかしずく側にまわってしまう。

そうやって飲み会のたびに、上の人にも女性にも気を遣い、私は消耗していく。楽しいとも思うのだけれど、本質的には社交的でないのに過剰に気を遣うことで、私は自分自身を磨り減らす。

とにかく、私は1年の約3分の2を果てない自己嫌悪とともに生きている。きちんとやりたいと常に思う。でも失敗する。結果オーライでも、そのたびに自己嫌悪だけが長く後を引く。私はどうしてこんなにいつもダメなんだろう。

社会人になっても「怒られたくない病」が治らない女たち

友人の女医が私にこういった。

「後輩の女の子、国立の医学部出てるから、めっちゃ成績イイんだと思うんだけど、仕事できないんだよね」

よく聞くと、その子は「怒られたくない病」だという。

「上の先生から叱られるのが怖いから、施術の最中に質問しないで、怒らなそうな先輩に聞きに行ってんの」

「それで、こないだ上の先生から『処置がマニュアルと違う！』って怒られたことをすっごく根に持ってる。だから、医局の先生全員に『この処置、マニュアル通りにやってますか？』って聞いてまわったりして。つまり、『私もみんなと同じようにやってるんだから、私だけ怒られるのっておかしいですよね？』って確認してるんだよ。あれ以来、『私、〇〇先生に嫌われている』とか言い出す始末」

怒られたくない、私は悪くないと全身で主張している彼女は、仕事人としては全然伸びていかないらしい。

その後輩の気持ちを、私は「わかる～」と思ってしまった。

この子もきっと「優等生病」に陥っている。

きちんとやらなくてはいけない。幼いころから成績のよかった自分はきっとできるはずだ。できない自分を認めることができない。

こういう「優等生病」の行きつく先は二つある。ひとつは、先ほどの後輩の女の子のように、叱る人を恨むようになる。もうひとつは、社会に出てからも「優等生」であり続けられる稀有な人。でも、そういう人だって、自分への過度な期待を持つことになる。でも、それって決していいことじゃないと思う。それは徐々に自分とまわりを蝕《むしば》んでいくだろう。なぜって、自分に対する厳しさは、同時に他人に対する厳しさにもなるから。自分を許せない人が、他人を許せるはずがないから。周囲に厳しい基準を要求し、緊張を強い、愛されない人になっていくのだろう。成績優秀で鳴らしたハイスペ女子の多くは、「優等生病」を抱えて、自分と和解できずにいるのではないか。

「夢とともに眠り、義務とともに起きる」

私は、正直、そろそろ疲れたなと思うことが多い。朝起きて、「したいこと」なんてひとつも思い浮かばないのに、「すべきこと」ばかり目の前に並ぶとき。心が躍ることや楽しみにしていることは年々少なくなり、義務感だけが残る。テキサス州でリンドン・ジョンソン大統領の家を訪ねたときに、奥さんのレディ・バードの枕には「夢とともに眠り、義務とともに起きる」と刺繍されていたように記憶している。

政治家になるために生まれてきた男ジョンソンは、寝室から食卓まで至るところに電話を引き、常に仕事をして家庭を顧みなかった。女性問題も多かったらしい。ファーストレディを「（選挙ではなくて）夫だけに選ばれた無償の公僕」と絶妙に揶揄してみせたレディ・バードは、その皮肉な物言いとは裏腹に、期待以上の職務をこなして、ファーストレディとして史上最も高い評価を受ける一人となる。彼女には「優等生」として人生を全うするだけの天賦の忍耐力があったのだろう。

ただ、あの枕の刺繍を見たとき、私はふと「この人の生涯は幸せだったのだろうか」と思ったのである。

自分と和解できないことはつらい。常に義務感に駆り立てられながら自分を追い込むことは厳しい。「優等生」の偉大な先輩たちを敬して憧れる気持ちはあっても、それでも私は自分と和解すべきだと思うことがある。

「今までよくがんばった」

ハイスペ女子のあなたが、もし、誰かにそういってもらうのを待っているのなら――自分で自分にそういってもいいんじゃないだろうか。自分を理解してくれる片割れを見つけることに躍起になってきたかもしれないけど、自分を認められない人には他人を丸ごと受け入れることはできまい。

自分に優しくない人は、きっと人にも優しくなれないのだから。

ハイスペ女子が「女同士の友情」に涙するとき

「財務省婦人会」で見た足の引っ張り合い

最近、柚木麻子さんの『ナイルパーチの女子会』（文藝春秋、2015年）という本を読んで、女同士の友達関係について考えさせられた。女同士が仲良くすることについて「なぜか心をざらつかせる」人たちの存在が、この本のテーマだ。その中には世の男性も入るそう。なぜなら、男たちにとっては女はバラバラにいがみ合っているほうが望ましく、連帯してかかってきたら困るからだという。

私は財務省で働いていたときに、「財務省婦人会」の会合に出席したことがある。「若手からも誰かが出ろ」というムチと、「お弁当が出るから」というアメで、のこのこ出向いた私は、「女たちの連帯」はかくも恐ろしいと知る。

労働組合系の支部会のようで「女性の権利」ばかりを主張し、「最近では、女性の中にも、夜遅くなると省に泊まる人たちがいると聞いた。女性の権利を貶めるもので許しがたい」と、興奮したご婦人が演説をぶつ。正直、仕事で深夜3時を過ぎると、家に帰るよりも、省内の仮眠室で寝るほうが睡眠時間が稼げる。男の子たちはみんなしていることを、私たちがやってなんの問題があるのか。国会当番に当たらない人たちには、夜中に家に帰って、「あー、3時間後には起きなきゃ、遅刻だよ。明日起きれなかったらどうしよう」と緊張に駆られながら目覚ましを二つセットする、あの気持ちはわからない……ぶつぶつぶつぶつ。

過酷な労働環境を表す言葉として、「きつい」「汚い」「危険」の頭文字を取った「3K」という言葉がある。それをさらに拡大させて「9K職場の私たち」という横断幕を掲げた女性の集団が労働環境の改善を訴えている写真が、中学校の社会の教科書に載っていた。その「K」のひとつが「結婚できない」だったのだが、写真に写るひっつめ髪の女たちの顔を一人一人眺めながら、「う～ん……結婚できないのは、職場環境だけが理由じゃないだろう……」と思わずつぶやいた私は、連帯の才能がもともとないのだろう（もちろん、大変なお仕事をされているのだろうと推察し、理解し尊敬しております）。

で、「女たちの連帯」というのは、要するに、働きたい女性たちの足を引っ張って、働きたくない女性たちの水準に合わせて彼女たちを守ることと理解し、私は連帯の輪に入るのをやめたのだ（もちろん、それだけではないと今は理解してますけどね）。

ハイスペ女子たちは、一人一人が実力でがんばればいいという個人主義に陥りがちで、女友達と年中つるんでいるというのは、あまり聞かない気がする（もちろん、私に友達が少ないのかもしれませんが）。なんか、今回はやたらと括弧内の言い訳が続く。男たちを糾弾するよりも、女たちを告発するほうが、よっぽど気を遣う時代なのである。

かわいいは「相乗効果」で作れる?!

個人主義的なハイスペ女子たちは、仕事の関連で「連帯」する必要はない。私たちが「連帯」するのは、対男性への魅力アピールの場合が多いのかもしれない。

林真理子さんは、その著書の中で「自分と同程度にキレイな女友達と一緒にいるべき」と書いていた。これは『アラサーちゃん』の作者の峰なゆかさんも指摘している。容姿が劣る女友達といると、一見引き立ててもらえそうだが、性格の悪さを疑われる。それに、ある程度かわいい女の子が二人並んだほうが「相乗効果」で、魅力的に映るそうだ。

ジャニーズだって、容姿が同程度に整った若い男の子たちをグループにまとめてセット売りしているし、テイラー・スウィフトだって、よく似たきれいで金髪のモデルの女の子たちを「お取り巻き」にしている。単体でレッドカーペットを歩くよりも目立って、注目度も上がるらしい。テイラー・スウィフトのお取り巻きは、カーリー・クロスとかジジ・ハディッドとか、一人でも十分見栄えがするスーパーモデルばかりだが、それでもハイレベルな相乗効果が生まれているのだろう。

　スーパーモデルから自らの話に戻すのは気が引けるが、これはハイスペ女子の場合も同じ。私の同期の弁護士の女性たちは、飛びぬけてこそいなくとも、皆一様にそれなりにかわいかった。同期何人かで合コンに繰り出した場合には、ほぼ必ず「弁護士って、イメージと違ってカワいいんだね」といわれたものである（が、別にそうした合コンに何らかの実りがあったわけではない）。

　この相乗効果を期待する場合、みなが同程度のハイスペ度とキレイ度であって、誰もずば抜けていないことが望ましい（全員そろってずば抜けているテイラー・スウィフト軍団が理想ではあるが、現実問題として私たちには望みがたいのだから）。秘書たちの合コンに弁護士一人交ぜてもらった友人は、わざとなのかなんなのか、秘書たちからずっと「先生、先生」と呼ばれて興ざめだったらしい。一橋大学のテニスサークルに入っていた先輩は、同じサークルの同期に、後にアナウンサーになった超キレイな女の子がいて、他は全員その子の引き立て役にまわってしまう構造だったという。

他人の時間を奪う人とは友達になれない！

ま、でも、そんな「相乗効果」的な友情って、なんかフェイクっぽいと思ってしまうが、そんな私でも、女同士の友情にほろっとしてしまうこともある。

高校生のとき、超まじめに授業を聞いていた私は、同級生から「ノート貸して」といわれることが多かった。これは実質的には断れないお願いである。そうやってほいほいノートを貸していた。クラスのイケている男の子にノートを貸して、その子が「サンキュー」と軽いノリで返してきたとき、私と同じ「まじめグループ」の女の子が私にいった。

「ノート取るのってけっこう大変なのに。真由、みんながおしゃべりしているときだって、ずっと授業聞いてるのに。普段授業を聞かないでテスト前にノートを借りるなんて、そういう要領のよさ、私は許せない！」

私のために悔しがる彼女に、私は少し泣きそうになったが、彼女が先に目に涙を溜めたので、逆に涙がひっこんだ。そして、私はずいぶんと気持ちがすっとしたように思う。

そうなのだ。ノートを取らない人たちは、ノートを取るのが大変だって知らないから、気軽に「貸して」っていえちゃう。スクールカースト上位の「イケてるグループ」から、比較的下位の「まじめグループ」に向けて、ノートを差し出せという要求は、マルクス主義でいうところの階級間の搾取の構造だろう。「がり勉」といわれながら、普段黙々とノートを取っている同士だから共有できる気持ちもある。こうやってまじめに授業を聞いた私たちは、社会に出てから「ハイスペ女子」となった。

先日、友人の中学1年生の娘さんの家庭教師をすることになった。名門私立校に入ったのはいいものの、学業成績が振るわずに、転校を勧められているという。私の友人は、何不自由なく育ったお嬢さんで、旦那さんがものすごく有名で、労働なんてハシタナイことはしたことがない。少女のように無邪気な人で、私はそこが好きだったので、困っているならとお手伝いすることにした。

とはいっても、パソコンがあれば仕事ができる私は、勉強をしている隣で監督がてら原稿でも書いてようと思った。せいぜい3時間、長くて5時間だろうと。

ところが……。

この娘さんが、一人で全然勉強しない。私はずっと教科書とにらめっこしながら、教え続けなければならず、かつ、なし崩し的に全教科を見ることになり、朝10時から夜10時過ぎまで、それが3日4日と続くことになった。仕事も滞って夜にまわる。

試験前の最後の留意事項を送って、家でひと眠りしようかと思ったところ、メールの着信音が鳴った。「今見たら、試験で許される筆記用具はＨＢの鉛筆だけって書いてあるんだけど、うちにはシャープペンしかなくって……」。

知らんよ、そんなの。

で、私はハイスペ女友達に聞いたのだ。私はいつまで付き合うべきなのか、と。彼女はこういった。

「無料でやってるんでしょ。今すぐやめなよ、そんなの。今回なんとかなっても、そういう子はまた留年しそうになるし、延々とやらなきゃいけなくなるよ。悪気はないんだろうけど、他人の時間を使うってことがどういうことかわからない人たちとは、友達になれないんだよ、私たち」

私のために想像以上に怒りまくる彼女に、高校時代と同じように、私はまたほろっときた。愛情を真っすぐに受けて天真爛漫に育った上流階級の奥様は、太陽のように明るく邪気がない。だが、彼女と私は決してわかり合えないのだろう。ホステスだって、弁護士だって、看護師だって、働く女たちはみな、「時間はただではない」ことを知っている。だから、愚痴の電話だろうと昼間の女子会だろうと、私たちは時間にシビアだし、他人の時間に際限なく侵食したりしない。自分の手で働いて、労働のつらさを知った人たちだけが共有できる感覚だろう。

女友達なんていらないって思ってたけど、やっぱりいざというときにはハイスペ女友達かも。忙しさが増すごとに反比例して少なくなる出会いに焦りを覚え、合コンは行くけど女子会はスキップするなんてことは、やりすぎてはいけませんな。

身を屈めて生きるより、背伸びするほうがずっといい

「俺がもらってやってもいいよ」ほど腹が立つ言葉はない

この間、お友達のお食事会に呼ばれた。遅れて登場した経済産業省の官僚は、どう見ても三枚目の外見だった。小柄で色黒。だからこそ、口を開いた彼がおもろなことをいう気配もなく、二枚目を気取って話しはじめるのには驚いた。そうか、そうきたか。そういう自己認識ね。

実家は、新潟の造り酒屋だという。地方のそれなりに名家の出身で、成績優秀、長じてエリート組織の仲間入りをした男。ってここまでだったら割とわかりやすいんだけど、重ねて容姿がお世辞にもイケメンとはいえないとなると、その自己認識は軽く引き裂かれる。結果として、場合によっては、異常にプライドの高い男に成り果てる。コンプレックスのある男は、逆に相手へのあたりが強くなるもの。

会話の流れの中で彼に聞かれた。

「で、料理とかするの？」と。

私の友人の中には、この手の質問を嫌がる人が多い。そこで「料理をしない」というと確実にバカにされる。かといって、「料理をする」に対して「ふーん。そうか、そうか、よしよし」みたいな顔をされても癪《しゃく》に障るという。料理するのは自分のためで、あなたのためではないのだからね、確実に。

私も料理をしないわけではない。帰国したばかりの数か月は、まな板も包丁もないという極限状態で、唯一、ふるさと納税で手に入れたレミパン（平野レミが監修したお鍋でフライパンとしても使える便利品。デザインもかわいい）だけを片手におろおろする毎日だった。

人参、トマト、キャベツ……冷蔵庫の中の野菜を見るたびに、

「ちぎるべきか？　はたまた、かじるべきか？」

という困難な選択に頭を悩ませた。つまり、ちぎってレミパンで炒めるか、そのままかじって食べるかの二択しか、当時の私にはなかったってことね。もうここまでいいたくなかったな……。開き直ってるわけではなく、恥じらいは少なからずある。

だが、そんな暗黒時代は過去のこと。生活の基盤が安定した今は、基本的には家で自分で料理している。とはいっても、平日は料理できないことも多いので、日曜の9時から近所の

スーパーの朝市に買い出しに出かけ、数品の料理とスープを作り置きしておいて、朝晩それを食べる。つまり、何がいいたいかというと、私は最近、人間として女としてずいぶん成長したのだ。で、アホな私は調子に乗ってちょっと自慢したくなってしまった。だから、冒頭の経産男にとうとうと説明した。挙句の果ての反応がこれ。

「ふーん……。ま、それでも俺はいいけどね」

うむ……。いろいろと間違いすぎている反応に対して、人は正そうとするよりスルーしたくなるらしい。めんどいしね。人生長しといえども、この男とは二度と関わらないだろうしね。

「俺、ハイスペ女子とか、全然、いいと思うよ」というのはよくある「褒め言葉」だ。前に、50代の私の上司が「俺、黒木瞳とか全然いけるよ。まだきれいだと思う」とのたもうていたときには、自分の耳を疑った。このおじさんの脳内で、いったいご自分はどんな存在になってるんだろう？

あえて説明すれば、ハイスペ女子の問題は「需要がないこと」ではなく、「需要と供給が見合わないこと」にある。仕事を第一に考えている女にとって、自分の目指すその先にいる人、つまり仕事ができる男がかっこよく見える。だが、ハイキャリアの男は、えてして専業主婦志向が強く、かつ、競争率が高い……。で、勉強はできても恋愛スキルのないハイスペ女子は高確率であぶれている。長々と紙幅を割いたが、相手を選ばなければ需要自体がないわけでは決してないということがいいたかっただけ。

それにもかかわらず、「ハイスペ女子」＝「モテない」と型にはめて、「俺がもらってやってもいいよ」くらいの寛容さで、突き出たお腹にテーブルを食い込ませられると、私は正直カチンとくる。でも、だいたいは「え〜、そんなこといってくれる人、珍しいですよ」といって受け流す。

だって、私だけならまだしも、黒木瞳だってまとめて「全然いい」みたいな上から目線なんですよ？　たぶん、これは、物心つく前から、ママに「賢い、かわいい、カッコイイ」といわれて、勘違いしたまま、大人になっちゃったんだろうなぁ。人生の相当初期から何かを間違いはじめたであろう男を、そこまで一緒に戻って、丁寧に認識を解きほぐしていくなんて、ママでもなければツマでもない人にはできるはずがない。かつ、するいわれもない。

目の前で「この子」呼ばわりされる屈辱

だが、上から目線なのは決して男ばかりではない。

先日、ある立食パーティで、私が財務省の参事官と話していると、40代前後の日本人女性が、「○○さ～ん」とその参事官の名を呼びながら、ぐっぐっと私たちの間に、文字通り割り込んできた。そのまま彼女は、右脇の私をねめつけ、おもむろに財務省の参事官のほうを向くと、「それでね、私、この間お話ししたかもしれませんけど、今度、アメリカのシンクタンクに勤めることになっちゃって……」と、私の存在を完全に無視したまま、左脇の参事官だけを一心に見てぺちゃくちゃとおしゃべりをしはじめた。

　立食パーティには奇妙な人もいる。だが、ここまであからさまな人ははじめてだ。外からは3人で話しているように見えるかもしれないが、私は完全に手持ち無沙汰。気まずさにちょっと料理か飲み物でも取りに立ち去ろうとして、

「この子みたいな若い世代は……」

　というその女性の言葉を耳にする。そばにいるのに、直接話しかけるでもなく、「この子」呼ばわり。むむっ、かなりの上から目線。「二階から目薬」って、こういう上から目線の中でも、特に、超がつくほど上から目線ってことをいうのかしら？　二段上から目薬差すだけでびっくりするけど、それをはるかに超えて二階からって、あなた（ちなみに、このことわざの意味を調べてみたら「二階にいる人が階下の人に目薬を差そうとしても、遠すぎて難しいことから、物事が思うようにいかずもどかしいさま」だって。今の今まで誤解してたわ）。それはいいとして、こともあろうに、目の前にいる私を、会話の仲間に入れてくれな

いばかりでなく、会話の対象にするとは！　これってかなり失礼!!

だが、あとで件の財務省参事官が、取りなすように

「アメリカが長いから、ああいう感じなんだよ。でも、あれだと日本はもちろんアメリカでも難しいよね。彼女のスタイルはアメリカ人の真似なのかもしれないけど、本家にはもっとタフでエレガントなのがいっぱいいるからね」

　といってくれたとき、私はなぜか彼の言葉のほうに反感を覚えた。

　日本で実績があり、プライドの高い女性が、アメリカで生きていくのは難しかったに違いない。自分の意見をいわない、曖昧に笑う、すぐ謝る。そういう日本人のステレオタイプを押しつけられる。それをはねのけるために被った気の強い仮面は、明らかに不自然だった。生まれたときからその土地に強く根づき、自分の根源に自信がある人は、いつも自然体であるもの。誰かに優しくすることも、みんなの意見を聞くこともできる。過剰なまでの攻撃性は、そうしないと自分を守れない弱さと表裏一体。「日本人女性は聞き分けがよい」といわれるたびに「御しやすいとバカにされた」と騒ぐのは、そうしないとなめられてしまうような自信がない人だけだろう。

　仮面を被るのはいつも弱い人で、その弱さを隠すために、自分ではない何かを演じ続ける。そして、この演技は確実に見抜かれている。通りすがりの私にだって、目の前の男にだって、

あなたがバカにしているであろう大衆にだって。この手の仮面に、人は冷酷なほど敏感だから。だが、精いっぱいの武装を、その涙ぐましい強がりを、男どもは決して笑うべきではないと、私はそのとき思ったのだ。

一生懸命に背伸びしてる人って、いつもとてもいじらしいじゃないか。

目線の高さを過剰に気にするミタパン

この間、アナウンサーのミタパンこと三田友梨佳さんが「上から目線に聞こえてしまうかもしれませんけど……」と前置きをして、テレビでコメントしていた。正直、どこらへんが上からなのかまったくわからないくらい普通のコメントで、逆にあっけにとられた。この人にとって、「上から目線」に思われてしまう懸念ってそれだけ強いんだ。

っていうか、料亭のお嬢さん育ちで、海外経験もあって、フジのアナウンサーになるくらいかわいくて、さらに「パンシリーズ」を引き継ぐエースアナがですよ、「上から目線」も何もないだろう。ナチュラルに生きていれば、大衆よりよっぽど高い目線持っちゃうでしょ、普通。

もともと上から目線を地でいく強い人間は、逆に、下から目線を上げてぶりっ子するようになるらしい（笑）。ありのままの目線を隠す不自然さは、私の目にはいじらしいより、いやらしく映る。

少なくとも、私はミタパンよりは、アメリカ人コピー女のほうが好きだ。アメリカ人コピー女っていってる時点で、まだ恨みが残ってるんだけど、それでもどっちも嫌だけどどっちかなら断然コピー女！　背伸びする女が、身を屈めようとする女よりもいじらしく感じるのは、私自身が背伸びしてきたから。今もし続けてるから！

ソフトバンクの社長室で働いていた男性が、孫社長は社員の前でもものすごく酔っぱらい、そのたびに、

「お前らに日本人になる喜びがわかるか。日本人に生まれなかった俺は、日本人にしてもらったときには本当にうれしかった。だから、この国に感謝しているし、役に立ちたいと思っているんだ」

といって大泣きするといっていた。

本心でそう思っている部分もあるだろうし、それ以上に誇張してあえて語っている部分もあるのだろう。だが、弱みを明かすことで、人は彼に惹きつけられる。強いはずの人間が明かす弱みというのは、自分にだけ心を開いてくれたかのようでたまらないのだ。

孫社長は、若いときにはそれなりのコンプレックスがあったのかもしれない。強い人間に

なっていく過程で、自分の弱みを吐露する術を覚えたのだろう。自信がついてくると、人は自分の弱さを他人に見せることを恐れなくなる。リーダーは強くなくてはならない、そして、弱くなくてはならないのだ。

24時間鎧の中に閉じこもっていなくちゃ落ち着かない弱い人も、いつか自分の弱さを誰かに打ち明けられるようになるのだろうか……。

そう、私は、この場所で自分の弱さをさらす練習をしているの。何回も読み直して、「ここまでは出せる。ここからはまだ出せない」というのをコントロールしながら。これって「ネット弁慶」の一種なのかな。とにかく、相変わらず弱い人間ですみません……。

それでも私は「自分基準」と割り切れない

怒鳴り散らす真由子様、密会する志桜里さん

Ｊアラートが鳴り響く朝、テレビをつけてみたら北朝鮮一色だったり、別の日には豊田真由子様一色だったり、山尾志桜里議員ばかり出ていたり……。もう私には何がこの国を最も脅かしているのかわからない。北朝鮮なの？　文春・新潮なの？　と思っていたこのころはまだ平和で、その後、新型コロナなる恐ろしいものに脅かされる時代がやってきたわけですが……。

ところで、再三繰り返すけど、豊田真由子先生にしろ、山尾志桜里先生にしろ、それは彼女ら個々の問題であって、決して東大女子全体の問題として一般化することはできないと思う。そういっていたら、妹が私にこういった。

「真由にしろ、真由子様にしろ、この山尾志桜里さんにしろさー、みんな根本的に欲が人よ

り強いよね。私、真由子様みたいに怒るだけのエネルギーないし、志桜里さんみたいに、9歳年下の弁護士とウワサになるとか絶対ないな。超めんどくさそ」

私の場合は、「欲」じゃなくて「向上心」！　とはいってみたものの、野心って全方位的なものなのかもね。社会に対する野心がある女は、名誉欲もあれば、自己顕示欲もあれば、不倫に対する意欲もあるのかも？　「英雄、色を好む」っていうじゃない？　女だって同じかもね。

私が、妹のことを適当に書き散らかすのは、彼女は、私が書いたものにまったく関心を示さないからだ。私の文章を読んだこともなく、検索したことも、そうしようと思ったことすらない私の妹は、友人から「お姉さんのこないだの記事見たよ。妹さんがいい味出してるね」といわれても、他人事のように薄く笑うだけ。

インターネット上の私にも自分にもまったく興味がなく、関心があるのはゴシップと自分の日常の世界だけ。彼女の確固とした、そして、完全に閉じられた世界を見ていると、この子、仙人にでもなる気じゃないのと思えてくる。私が他人からの評価を食べて生きていく間に、この子は霞を食べて生きていくのだろう。

私も、自分の書いた記事へのコメントは決して検索しないけど、それは関心がないからではなくて、関心がありすぎるから。その評価にいちいち右往左往してしまう。そう考えると、私の世界は決して閉じることなく広がっている。

だが、野心というのはそういうものだ。私の友人で、成功した画家がいるけれど、彼女は「独特の世界観」を表現して、この世を達観しているように見えて、その実、決してそうではない。憑《つ》かれたように、毎日、「エゴサーチ」している。

「ねぇねぇ、私、あの有力な画廊とデキてるっていわれている。そうやって世に出してもらったんだって。ウケるー」

「ねぇねぇ、今度は、私を主人公にした漫画をネットで発見。ちょっと私、実は男って設定になってるんだけど、やばい、これ超面白い。ウケるー」

夜中に必死に自分の悪口を探す彼女の姿は異様でもあり、そうやって、ネット上の評価を餌に巨大に成長していく彼女を「業が深い」と評した別の女友達の言葉を思い出した。そう、野心ってこういうもの。乾いているように見える女も、湿った欲望を心に抱えているってわけ。

美しい「苦労話」に納得できない理由

この間、アメリカでヴァイオリニストをしている祐子さんとスカイプで話した。日本に生まれた彼女は、高校に進学すると同時にアメリカに渡り、そこで音楽の教育を受けて、ヴァイオリニストになった。彼女に初めて会った会食のときに、その中の一人で、夫の渡仏に付き合って、フランスで料理を学ぶ優雅なマダムが、祐子さんにこう尋ねた。

「音楽家として生きていくのって大変じゃないの？　成功しない限り、お給料って少ないでしょ？　パトロンでもいるの？」

　私は、正直、不快に思った。初対面の相手に尋ねるには立ち入りすぎ、かつ、思いやりのない質問だから。その顔に好奇心のほか、ほのかな優越感がのぞいていないといえるだろうか。

　だから、祐子さんが特に悪びれる風もなく、「お金がなくってとっても苦労した学生時代」とか「筋の悪いスポンサー」の話をはじめたのを見て、この人は今幸せなんだろうと感心した。自分の不幸を明かせる人は、今の自分に自信がある。逆に、他人の不幸を暴こうとする人は、自分に自信がないのね、私も含めて。

　実際、祐子さんはとてもいい人だし、自分のことをいい人間だと信じきっている。私は、この疑いのない真っすぐな感じがとても好き。彼女と話すと、直線をたどるような安心感を得られる。だから、私は確かめるように、定期的に祐子さんと話し、彼女は嫌な顔もせず、いつも付き合ってくれる。

この間、ある時期まで演奏会を極度に恐れていたと、祐子さんが教えてくれた。観客から「素晴らしかった!!」と賛辞を受けても、常に、相手の目の中に欺瞞《ぎまん》を探そうとした。そして、彼女は気づく。結局、自分の演奏に満足できていないのは自分自身だったと。つまり、自分の不満を相手の目の中に投影していただけだと。それ以降、彼女は自分が満足できる演奏を試みるようになった。ヴァイオリンの音色が空気を振動させ、そして余韻となって空気に消えていく、その瞬間の幸福感——そうやって、自分の演奏を好きになり、今の自分を誇りに思える。で、幸せを感じられるようになったんだって。

よく聞く類型の話だと切って捨てるには、私は祐子さんを尊敬しすぎている。だから、素直に彼女の「野心からの解脱」を受け止めた。コンクールでの評価を得ることばかりに躍起になっていた彼女が、自分の基準で生きられるようになったと。

でも、私、それだけじゃ絶対に説得されないの! 同時にこうも思うの! 野心が抜けるっていうのは、それって解脱なんだろうけど、同時に人生に折り合いをつけて、あきらめることかもしれないじゃない?

幸せというのは現状を肯定することだ。今十分に満ち足りていると認めること。それは向上しようとするあくなき欲求から逃れること、上へ上へと続く競争の螺旋《らせん》階段を降りることをも意味する。

他人の評価を気にせずに、自分の好きなことだけをして憚らない――これは、究極的には天才か世捨て人にしか許されないと、私は思う。「自分基準」が世間の評価と完全に一致すれば天才ともてはやされるし、そうでなければ、世間から忘れられる。世間からの評価に耳を澄ませられなくなること（意図的にシャットダウンすることかもしれないけど）は、最後は世捨て人になってもよいと覚悟を決めることだと思う。だけど、私はまだ「自分の基準」と「他人からの評価」の狭間で惑っていたい。不惑も解脱もしたくない！　だから、私は、私を突き動かすギラギラとした炎を消さないことに決めた。

逆風の嵐の後、彼女たちは何を思うか？

政治家になった女というのは、間違いなく野心から解脱できていない。真由子様は、ギラギラ感が表面に出てしまうタイプ。予算委員会で、「わたくし」とか「ございます」とか品のよい言葉を並べ立てる裏で、どんどん前に進んでいくはずの自分の活躍を妨げる秘書にはギンギラの怒りの炎を燃やしていたのよね、きっと。

対する志桜里先生は、野心が表に出にくい。これって要するに洗練ともいえるのだろう。この人の適度な美人度が野心を隠すためにはちょうどよかったのだと思う。蓮舫系の美人だときつい印象を与えるし、片山さつきさんの場合には、選挙ポスターを出すたびに「修正」を取り沙汰されるしね。山尾さんくらいだと、野心を隠せて好感度を保てるのよね。そうやって、舛添、甘利と、政治とカネの問題により次々に切られていく政治家の中で、ガソリン代の不正計上問題を乗り切った彼女も、今回はそうやすやすと逃げ切ることはできなかった。

　それくらい「不倫」に対して、世の中が不寛容になっているのだと、歌舞伎役者と京都の芸妓さんの関係を例に出して論じるのは、他の人の二番煎じっぽいので、やめておこう。ただ、不倫がどうして許されないのかを書いたこの文章が、私にずきゅんと衝撃を与えたから、ちょっと書いてもいい？

「不倫が忌み嫌われるのは、ものすごく愛し合っているにせよそれなりに惰性の関係であるにしろ、夫婦関係の片割れである残された妻や夫から、世界で一人だけしか救えない状況になった時、必ずその一人には自分を選ぶであろうという希望を奪うからに他ならない。少なくとも彼だけは自分を救ってくれるだろう、という辛うじてある希望を失うことは、人間にとって耐え難く心細いものである。『昼顔』は映画となってより一層、妻の不安と絶望を顕著に描いたが、私自身、独身のまま昨年母を亡くして今まで以上に強くそう感じている」

（「文春オンライン」２０１７年7月24日）

　これを書いたのは、東大の大学院を修了して日経新聞で働き、ＡＶ女優としての過去を明かした鈴木涼美さん。この人って露悪的なようで、少女のようにロマンチストで、甘やかな孤独に酔っているんだろうなと思う。違うのよ、これ全然悪口じゃないの。だって、私もまったく同じこと考えてたんだもん。これ以上ないくらい同意！

たとえば、北朝鮮がミサイルを打ち放って、Ｊアラートが鳴り響くとき、私はいつも思う。この世にたった一人でいいから、この瞬間に、誰より先に私の身を案じてくれる人がいたらいいのにって。お互いにまず最初に安否を気遣うことが確実だと思えば、私の野心の少なくとも半分くらいはぺしゃんこにつぶせるだろうと（↑それでも半分〈笑〉）。だけど、誰か一人が必ず私を救うという確信が得られないまま、私は、誰かに私を見つけてほしいという欲求を、特定の一人から社会へと拡大する。社会に認めてもらおうと躍起になって、そこに私の野心が生まれる。

そして、肥大した自己承認欲求は、常に不満と隣り合わせ。もっと前に進めるはずなのに、足を引っ張る誰かを、自分を認めない誰かを恨み、そして満ち足りない思いを、理解されない我が身の不幸へとすり替える。

世界が危機的な状況になったときに誰も私を救わないのではないかという、仮想の孤独感。私はそれに酔いしれるのだ。私たちの不幸は甘やかだ。独居老人の孤独も、母子家庭の貧困も、リアルを経験したことがないまま、ラグジュアリーな「不幸」は、私たちを悲劇のヒロインに格上げしてくれる。

自分を有能とうぬぼれ、無能な周囲は自分を理解しないと黄昏《たそが》れる。理解されない孤独を、孤高へと飛躍させ、甘美な自己陶酔に浸りきる。

有能な自分についてこれない無能な秘書に囲まれて、孤独を感じていたのかもしれない豊田真由子氏。自分の議員生活に水を差すような、よくわからない事業に手を出し続ける旦那さんに疲れ、癒されない孤独を抱えていたのかもしれない山尾志桜里氏。

野心と表裏一体の自己陶酔で自らをヒロイン化し、手痛いしっぺ返しを受けた女たちを、私は他人事として批判することはできない。尻馬に乗って叩くことはしたくない。だからこそ、私は聞きたい。この逆風の嵐を乗り切った後、彼女たちが何を思うのかと。

ねぇ、教えてよ。野心に突き動かされるがままに、他人の評価を飢えたように求め続けた女は、大きなつまずきの後に、一体何を悟ったの？ 菩薩のように解脱するのか、それともこの屈辱をばねにさらに欲望の高みを目指すのか。

もし彼女が野心からの解脱を決意するなら、そのときこそ、私は説得されてもいい。「他人からの評価」ではなく「自分の基準」で生きてくことが重要だよと。そのときにならば、胸の内に燃える野心の炎を消して、降参ののろしを上げてもいいと、私は思う。

IV

結婚と制度

Marriage institution

女子アナにみる人生をあがるための結婚
働き続けるための結婚

女子アナの結婚は時代を映す鏡

近年、これほど条件の悪い結婚をした女子アナが他にいただろうか、山﨑夕貴アナの結婚は、私たちに「女子アナの結婚」について、再考する必要性を突きつける。シャ乱Qのまことさんとご結婚された富永美樹アナの例もある。しかし、この場合、結婚当初は、人気絶頂だったバンドのドラマーという位置づけだったはず。あくまで、月日とともに条件が下がってしまった結果にすぎない。結婚当時の条件ならば、「おばたのお兄さん」よりもずっと上だろう。

野球のスター選手との結婚を機に家庭に入るなんて一昔前の例を引くつもりはない。ただ、「女子アナが出てくるまで続ける」と豪語して、合コンに励んでいた弁護士時代の同期がいる。つまり、「女子アナ」は、世の男性にとって結婚したい相手の職業の代表格ではないか。

だからこそ、その時代時代の「条件のよい結婚」を映す鏡でもあった。

　結婚するなら「女優」よりも、断然「女子アナ」だろう。女の執念とか愛憎とか、そんな重いものを舞台の上のみならず、家庭にまで持ち込まれたらたまらない。かつ、生まれながらの女優というのは、どの構図でもスポットライトの中心に立ち、旦那を脇役に変えてしまうのだろう。そんな女優気質の女より、「適度な知性」と「安定した良家」の保証付きで、夫を適度に立ててくれる女性を妻に迎えたい。女子アナはそんな男のワガママと見事に調和する。

　そう考えると、結婚相手として引く手あまたの女子アナは、同時に、「夫として選ばれる男性」を知るためのよすがでもあった。

　千野志麻アナと外資系金融会社社員の男性との結婚は、ものすごく華やかだったらしいが、その他にも、私が「賢い」と目している元ＴＢＳの吉田明世アナの結婚相手は、大手広告代理店勤務と聞く。

　まぁ、なんというか、ＩＴ社長的なぽっと出の成金と結婚するよりも、それなりにイケメンで、家柄も悪くなくて、一生きちんと稼いでくれそうな旦那さんを見つけるのがよいということか。

山﨑夕貴アナの結婚

だからこそ、山﨑夕貴アナの結婚報道には驚いた。かつてのアイドル傾向とは異なり、最近は、「みとちゃん」の愛称で知られる水卜麻美アナのような庶民派が人気。だから、結婚によって、庶民派アピールをしようとしたのではないかという穿った見方をする人もいるかもしれない。が、私はここにそんな意地悪な見方を、断固、否定したい。

だって、それならおばたのお兄さんと付き合っているだけで十分じゃない。２０１７年の週刊文春「好きな女子アナ」にもフジテレビでただ一人ベストテン（９位）にランクインしているし、庶民派の魅力はもう出し尽くしてると思う。結婚までする合理性ないと思う。そうだよね!?

２０１８年4月から「とくダネ！」に移る山﨑アナが「めざましテレビ」を卒業するシーンを観ていた。「富豪でもない、背も高くない僕と結婚してくれて……」（←よくわかってるじゃない？）とおばたのお兄さんからの手紙が読み上げられると、横で祝福していた永島優美アナが泣き出した。そのシーンを観ながら、私は、山﨑アナってきっと本当にあのまんま飾らないいい人なんだろうなと、なんとなく思ったのだ。

おばたのお兄さんと結婚したって、仕事をセーブすることはまったくできまい。だってねぇ、生活してかなきゃいけないものね。

長野美郷さんの結婚

フジテレビ「めざましどようび」のキャスターだった長野美郷さんも、私が注目する一人。吉田明世アナと並んで、この人は決して間違った結婚をしなそうな「賢い」人の筆頭である。ここでいう「賢い人」の中に、わかりやすく性格が悪い人は、まずいない。ちょっと持ってまわったいい方をしたけど、ニュアンス、伝わりますかね？　露骨な嫌がらせをしてくる人ってたまにいるけど、私は、そういう面々を、性格の悪さランキングの二流と位置づける。長野美郷さんの好みのタイプは「話していてワクワクする人。ノリがよくて一緒に行動してくれる人」だとのこと。ほらね、なんとなくわかるでしょ？　この感じですよ、人生に失敗しない「賢さ」というのは。

そして、31歳になった彼女は5歳年上の会社員と入籍した。一般男性なので明らかにされていないが、背が高く、それなりにイケメンで、一生安定して稼ぎ続ける職業であることは間違いない。賭けてもいいよ、ほんとに。

そして、彼女も、２０１８年3月末をもって「めざましどようび」を卒業した。最後の放送で涙ぐむ彼女を観ていたが、周囲は誰も泣かなかった。キャスターとしての仕事を引退するわけではないようだが、少しずつリモートになって家庭に入っていく方向なのだろう。ということでは、ある意味、かつての寿退社に近い。

さて、山﨑夕貴さんの結婚は条件が悪くて、長野美郷さんは条件がよい。そんな簡単に片づけてしまっていいのだろうか。私は、そのときはたと気づいた。「長野さんの後任はフジテレビの宮澤智アナ。そっか、そういうことか……」。

不振が続くフジテレビは、蜜月にあったセント・フォースから採用していた多くの女子アナを整理する方向と聞いた。セント・フォースの長野さんを卒業させて、後任に自社のアナを持ってくるのも、経費節減の一環なのかも。

そのときに、私は「勝ち組」と思っていた長野さんの悲哀を見た。会社に身分保障される局アナと異なり、事務所から派遣される彼女たちは、どれほど人気があろうとも、ずっと働き続ける保証はない。そうなると、30歳を超えるときには、これからもずっと続いていく人生に、安定した経済原資を確保するリアルな必要が生じてくるのだろう。

ほんとのことをいえば、人生をあがるための結婚なんてものは存在しないのだ。だって、その後もずっと人生は続いていってしまうのだから。「めざましどようび」の真ん中でスポットライトを浴びていた長野さんは、「○○さんの奥さん」とか「○○ちゃんのお母さん」

と呼ばれるようになるのだろうか。働き続けられるというのは、正社員などの安定した身分保障による特権なのかもしれない。と考えると、条件が悪くても、一緒にいて楽な相手と結婚して、働き続けるというのは、今の時代の、ひとつの勝ち組のあり方かもしれない。

菊川怜の結婚にみる
トロフィーワイフ事情

さすが女優というべきか……


「『とくダネ！』つけて、菊川怜が出てるから」

　一緒に暮らす妹が私にいった。その前夜の２０１７年５月９日に、菊川怜の結婚相手に婚外子が３人いたことを報じる「週刊文春」が翌日に発売されるというネットニュースが流れたばかりだった。

「文春の件、『とくダネ！』は完全にスルーすると思うけど、眠れぬ夜を過ごしたはずの菊川怜の表情を確認してから仕事に行く」

と宣言する妹は、姉に負けず劣らず、下劣なやつだと思う。

　その１週間ほど前の４月28日、「とくダネ！」を観ていた私と妹は、菊川怜の突然の結婚報告にびっくり仰天していた。その後すぐに、お相手は資産２００億円の有能でイケメンな投資家と知れる。

「彼女は裏切者か？　それとも期待の星か？」と、二人で熱く議論したものである。

その興奮さめやらぬうちに、婚外子というさらなるホットなニュースに、私たちはわき立った。明けて10日の菊川怜は、さすが女優というべきか、普段とまったく変わらない柔らかい笑顔だったが、

「ま、百歩譲って婚外子はありとしても、同時期に二人の女性との間に別々に婚外子をもうけているのはいただけませんな」

と捨てゼリフを残して妹は出勤していった。

婚外子の話を掘り下げたいのはやまやまだが、今回は、資産２００億円の穐田社長（読みにくいが「アキタ」と読むらしい）が、結婚相手に菊川怜を選んだことをテーマにしたい。

金髪美女を雇ってまで写真を撮らせようとしたトランプ氏

事業で成功した男性が、若く美しい女性と結婚するというのは、古今東西、珍しい話ではない。下積み時代を支えた糟糠《そうこう》の妻を捨ててなどということにならない限り、批判すべきでもなんでもない。この場合の妻は、若ければ若いほど、美しければ美しいほど、男の成功の

証となり、男は事業仲間から尊敬と羨望を勝ち取ることができる。

「40歳にして25歳の妻。これが男の理想であります。しかし、我が家は落ちぶれたのでありますから、私はここらへんで妥協しなくてはいけないのであります」

不祥事に巻き込まれて会社の株を手放した名家の跡取りが、自分の結婚式でこう挨拶したと聞く。30代の半ばを過ぎた彼は、29歳のキャビンアテンダントと結婚した。冗談なのか本気なのか、とんでもない挨拶をする花婿の横で、花嫁は気まずそうに俯《うつむ》くしかなかったという。

かわいそうだとは思うけど、花嫁に同情してあげられるだけの余裕は、もう私には残ってない。つい最近まで「いつか、私の番にはみんなから祝ってもらうのだから」と思って、披露宴に呼ばれるたびに唯々諾々と差し出していたご祝儀の3万円は、もはや回収不能の売掛債権になりそうなのだから。

こんな話でもわかるように、若く美しい妻を「トロフィー」のように高く掲げるのが、最近までの男たちの成功の証だった。

アメリカ大統領に当選したドナルド・トランプを見てほしい。彼の妻と二人の元妻たちは、全員がモデルである。最初と2番目の妻は、まぁ、大したモデルではなかったらしいし、今の妻メラニアだって、悪役プロレスラーのようなメイクはなんとかならないものかと思う。

それでも、彼は、若く美しい妻を見せびらかし、最初の妻に至っては「冬季五輪の補欠に選ばれた」などと、その経歴を盛りに盛った（その記述は事実に反していたらしく、後にホームページから削除されている）。

ところが、金髪美女とのデートが何度も報じられているトランプだが、その大半はモデル・エージェンシーから雇ったプロだという。実は、彼は、パーティより家でテレビを観ながらチョコバーをかじっているのが好きなのだという。

ソファに座ってお菓子を食べながらテレビを観るという安らぎの時間を手放してでも、お金で雇った金髪美女との「密会」を撮らせようとしたトランプ。涙ぐましいその努力は、ひとえに「金髪美女からモテまくる」という架空の事実によって、「成功者」のイメージを確立しようとしたためだ。美しい女性というのは、男の成功を彩るものとして、必要不可欠ということだろう。

菊川怜やアマル・アラムディンは「新しいトロフィー・ワイフ」!?

ところが、このトロフィー・ワイフの最近のトレンドに変化が見られる。

２０１４年、永遠の独身と思われていたジョージ・クルーニーが、アマル・アラムディンと結婚して、世界をびっくりさせた。『ブリジット・ジョーンズの日記』に主演したレネー・ゼルウィガーや、女子プロレスのステイシー・キーブラーと長く付き合っても、決して結婚を言い出さなかった独身貴族を射止めたのは、ニューヨーク大学のロースクールを卒業した、結婚当時36歳の美人弁護士だった。

２００１年に公開された映画『キューティ・ブロンド』は、南部出身のブロンドで、常に全身ピンクを身にまとう主人公が、ボーイフレンドにフラれるところから、物語がスタートする。知事の息子で、ハーバードに進学した彼が、主人公との関係を終わらせたかったのは、「結婚するには君はあまりにブロンドすぎる」から。

ビューティフル&ゴージャスなイメージと同時に、少々お頭《ツム》が軽いと見られがちなブロンドはデート相手にはいい。だが、婚約者として、このエリート君が選んだのは、地味ではあるものの、堅実で聡明とされるブルネットのハーバード同級生だった。

２００７年、年収５０００万円以上のお金持ちと結婚する方法を尋ねた自称美人の25歳に対する、ニューヨークの投資家を名乗る男性の回答が話題となる。

……ビジネス的な観点からは、君と結婚するのは誤りだ。答えは簡単。説明していこう。細かいことを抜きにすると、君がやろうとしているのは「美」と「金」の交換だ。Ａさんは美貌を提供し、Bさんは金銭を支払う。公正な取引だね。だけど、ここに問題がある。君が持っている美貌という資産は劣化していく。ところが、私が持っているお金はなくなったりしない。実際に、私の収入は年々右肩上がりだ。経済的な観点から行くと、私は「価値が上がっていく資産」で、君は「価値が下がっていく資産」だ。しかも、それは単なる普通の劣化ではなく、急速な劣化だ。もし美貌が君の持っている唯一の資質ならば、10年と持たないだろう。

ウォール・ストリートでは、価値の上がるものを長期保有し、価値が下がるものは短期で借りて売りさばくのが常識。価値が下がっていく資産を長く持つのは、経済的に合理的な選択ではないからね。つまり、君と結婚するのは、得策ではない。残酷なことをいうようだが、君を「買う」のではなく「レンタルする」のが正解だ。

そして、5000万円以上を稼ぎ出す人たちは愚かではない。私たちは、君とはデートしても、決して結婚することはないだろう……。

こういう「結婚や恋愛を経済合理的に説明します」的な解説は、私にとってはやや鼻につくものである。25歳の自称美人を見事に一刀両断したとの評価もある。ただ、若い女性の傲慢さは、愚かではあっても、それなりにかわいげがある。それを、全力を込めて叩きつぶしにいくほうが、大人げなくはないか。だが、「経済合理性」＝「デキる男の鉄則」と信じている男たちには刺さるらしい。

結果として、そういう男たちの間では、若くて美しいだけの女性を妻にすることは、「愚か」で「ダサい」ということに成り果てた。そして、若くて美しい女性を見ると、彼女の内面は無視して、反射的に若くて美しい「だけ」と決めつけてしまうくらい、世間は意地悪なのだ。

ということはですよ、イマドキの仕事がデキる男（またはデキるぶってる男）たちが、「女性に知性を求める自分」を示すための条件はこうなる。

（1）あまりに若すぎはしないこと
（2）キャスターとか弁護士とか「賢い」職業であること

こういう女性と結婚すれば、自分の「趣味のよさ」を殊更にアピールできる。
39歳でキャスターの菊川怜とか、結婚当時36歳で弁護士のアマル・アラムディンとかは、この究極形で、これが「新しいトロフィー・ワイフ」のスタンダードになっていくだろう。

「東大首席」か「おバカでかわいい女の子」か

　私には、その昔、忘れられない屈辱体験がある。ある男性が、私にこう告げた。

「金融関係の男同士で集まって飲んでて、東大首席タイプの女性と、バカだけどかわいい女性、結婚するならどっちって話になったんだけど、俺を除いてみんなバカでかわいい女がいいってさ」

　なにそれ？　「東大首席」ってタイトルつけて本出してる私に、あえていいます？　っていうか、東大首席の女が、バカじゃないことはともかくとしてかわいくもないって誰が決めたのよ、まじで？　と絶叫する直前の私には、もちろんかわいげのかけらもなかったわけだが、そうはいっても、それはなかなか心に傷を負う経験だった。

　それが、穐田氏の結婚を見て、日本でもトロフィー・ワイフのトレンドに変化が顕れていることを見て取った。ＶＩＶＡハイスペ女子！　時代が私たちに追いついてきてる！　ご祝儀に払い続けた3万円を回収できる日も近い！

　でも、なんか違和感……。

　で、妹にこの話をしたら一言。

「菊川怜に、アマル・アラムディンだよ？　よく見てよ。知性だけじゃなくて、みんな美貌だって最高レベルじゃん。ご祝儀云々かんぬんとかいいだす品のない人とは違うんだよ」

そだね。確かにね。ハイスペ女子の苦難は続く。うむ、これはハイスペ女子全体ではなく、私個人の問題かもしれないが……。

東出不倫は
なぜ人を惹きつけるのか

不倫報道に対する世間の態度の二極化

世界がコロナ一色となってもなお、ところどころで「東出不倫」のニュースが、流れていたりする。「杏が離婚決意」なんてね。決め手になったのは、「杏さんが好きなのか？　唐田さんが好きなのか？」とレポーターに問われて、12秒程度沈黙した後に答えを拒んだ東出昌大さんの姿だったとか。

これほど世界が危機に瀕してもなお、このニュースに時間を割くところから、週刊誌やワイドショーが、いかに不倫報道を好むかがわかる。平和な世の中であれば、これでもかというほど時間を割いて、微に入り細を穿って報道したに違いないのである。そういうワイドショーの姿勢を批判したいわけでは、私は決してない。むしろ、不倫のニュースには、それなりに報道する社会的な価値があると、私は思っている。

さて、不倫報道に対するワイドショーのコメンテーターの姿勢は、二極化する傾向にある。

第一の部類は、不倫に対して怒りをあらわにするパターン。東出さんの不倫に関する文春報道に先んじて、事務所は、謝罪文のファクスを流している。このファクスについて、たとえば、日テレの「スッキリ」の中で近藤春菜さんは、「ファクスの中で『ひたすら後悔にさいなまれ苦しんでおります』っていう一文があった。そこに違和感を感じた」とコメント。「報道によるとですけど、杏さんが妊娠中だった。一番苦しいのって、杏さんだったと思う。キツイ言い方だけど、自業自得にもかかわらず、東出さん側から『苦しんでいる』っていう表現をしてほしくなかった。苦しんでいるのは杏さんであって、杏さんとどう向き合って、どう謝罪して、真摯に世間の皆さんとも向き合っていくかっていう言葉が欲しい」と続けた（「スポニチ」２０２０年1月23日）。

第二の部類は、こんなの報道する価値がないと皮肉るパターン。たとえば、「不倫は当事者同士の問題。非難してよいのは奥さんだけであって、外野がとやかくいうべきでない」というコメントがこれに分類される。

ワイドショーのコメンテーターは、人々の感情を代表するか、論理を追求するか、大きく二つに分類される。タレントや芸人さんなど、感情の代弁者は不倫に激怒するという第一のパターンをたどる傾向にある。一方、多くの文化系とされるコメンテーターは、不倫報道に嬉々としてコメントすることをよしとしない。論理的と自負する人ほど、こういうのに感情をむき出しにするなんてダサいことはやりたくないのである。だから、「ま、こんなの報道すべきではありません」と第二の分類で、斜に構えがちになる。

不倫はなぜ批判されるのか？

だけど、もう一度よく考えてみたい。「プライベートなことを、当事者以外が批判すべきでない」という、一見論理的に見えるこの第二のパターンのコメントは、果たして本当に正論なのだろうか。

私は、そうは思わない。

まず、不倫は、家族に関する法律に違反する行為である。不貞行為が離婚事由となっていることから、逆に、結婚をしている間は不倫をしてはいけないというのが、民法に定められる家族に関するルールとされる。だから、不倫は法律違反。文春は、これを認識したうえで、報道する価値があると踏んで、不倫のスクープを流すのだろう。

で、問題はここからである。法律違反ならば、なんでもかんでも非難してよいといっているわけでは、決してない。この家族に関するルールというのは、プライベートな領域を規律するものであると同時に、「公の秩序」を守るものでもある。ここがとても大事!!

なんで、不倫してはいけないと法律に定められたかというと、逆に、不倫がはびこってしまうと、安心して結婚生活を送るのが難しくなるから。まず、短期的なこととして、不倫が蔓延《まんえん》すると、結婚している間に妻が産んだ子どもは夫の子どもっていう推定が立てられなくなる。次に、長期的なこととして、夫婦がお互いに対して安心してコミットメントをできなくなる。

結婚というのは、ある程度、長期の約束を前提にした制度である。「寿退社」という言葉自体が古いのかもしれないが、こういう感覚は、今でも残っているだろう。結婚すると同時に会社を辞める。どうしてそんなことができるのかというと、来年、離婚するとか、そういうことが基本的に想定されないからである。永遠にとまではいかなくても、長期の関係であることを前提に、人生設計をする。これが「結婚」という名の約束なのである。

結婚生活を維持すること、ときに、その中で子どもを生み育てるということ——これは、自分一人のためだけではなくて、結婚相手のために時間と労力を割くことを意味する。仕事を休んで、子どもを産んで、仕事に復帰してもしばらくは定時に帰れるように、外勤を内勤に調整してもらったりして……。どちらかが働いて、どちらかが仕事をセーブしながら、子育てをする場合もある。今、この瞬間でみると、どっちがより多く我慢をして、どっちがより多く得をしているのか。お互い、いいたいこともあるでしょう。だけど、それをいったらきりがない。

結婚という長期プロジェクト

で、どうして、目先の損得を、とりあえずは抜きにして、自分の持っていた自由な時間を、将来のキャリアを、他の誰かのためにあきらめることができるのだろう?

——それはやはり、結婚というのが、長期の安定した関係を前提としているから。

結婚し、さらに、その結婚の中で子どもを生み育てるというのは、ときには、一生ものの超長期のプロジェクトである。つまり、お互いに長期にわたるコミットメントを暗黙のまま約束しているというのが、結婚のポイントになる。だから、今、この損を何とか取り戻さなくてはと思わずに、安心して相手に譲ることができる。

結婚が長期の安定した約束であるためには、なにが必要なのだろう。

——それは、みんなが、なんとなく、そう信じていること。

もちろん、1年で終わる結婚も、数日で終わる結婚もある。不倫も略奪も、現実にはある。

でも、これは例外的な場合であって、結婚って原則的には一人の人との長い関係だよねと、みんながなんとなく思っている。そういう暗黙の了解があることによって、「公の秩序」が成り立つ。

この暗黙の前提は意外と脆い。結婚相手以外の誰かに、心が揺らいだことがない人がどれだけいるのだろう。多くの人が潜在的な願望を持っている。その欲望を押しとどめるのは、実は自然に反するんじゃないかとか、疑いだしたらきりがない。

有名人の不倫はなぜ袋叩きにされるのか

有名人の不倫を非難する理由はここにある。有名人が不倫をして、長く続くはずの結婚という約束からなんのサンクションも受けずに歩み去る。これは象徴的な行為である。目立つ人の約束違反が、あっけなく許されてしまえば、他の人もそれに続くかもしれない。そうすると、結婚という制度をもはや誰も信じられなくなる。みんながおぼろげながら抱いていた前提は、あっけなく崩れ去るかもしれない。

だから、結婚という暗黙の前提を有名人が破ろうとすると、必要以上に叩くのである。これは、その背後にいる潜在的な欲望を持った多くの人を律するための「見せしめ」という要素がある。そうすることで、「結婚＝破ることができない重たい約束」ということにする。これが、「結婚というのは安定していて長く続くもの」という、共有された前提を維持することにつながる。

有名人の不倫を叩くことは、「公の秩序」を維持するための論理的な行動である。一見論理的に見える「プライベートに口出ししない」というコメンテーターよりも、ある意味、ずっと社会の秩序維持に貢献している。私たちには、不倫に激怒する理由がある。それを、俗っぽいだの、品がないだのというほうが、間違っている。

だいたいにおいて、直感的に嫌悪感を抱くことは、論理的にも何らかの理由があることが多いのだと思う。逆に、論理的にはきれいだけど、直感とあまりに違うことをいっていると、いつか足をすくわれるんじゃないかな。

親の顔が見てみたい？
親子事情も変化する

血のつながりの重みはどこまで

『そして父になる』という映画がある。主演は福山雅治。病院で同じ日に生まれた別の子と取り違えの結果、6年間育てた我が子が他人の子どもとわかり、別の夫婦のもとに育った血のつながった実の息子と、その子を交換するかどうか。それぞれの夫婦は苦悩する。この映画は、第66回カンヌ国際映画祭審査員賞を受賞した。実話に着想を得ているという。

このあらすじを聞いて、私は思った。6年間自分の手で育てた息子であっても、血がつながらなくては「他人の子ども」なの？　それで、その存在すら知らなくても、血がつながっていれば「自分の子ども」なの？　そう、そういう発想が、確かに、この社会にはある——生みの親は、かように育ての親に勝るのだ。

これはやや極端な例だが、血がつながった子どもこそが我が子だという感覚は、私たちの社会の中で、ある程度共有されたものだろう。

「3歳になったばかりの娘は、親の贔屓目にもかわいいと思ってきました。ところが、先日、急な妻の入院で下着の替えを探していたときに、大量の手紙の束を発見。それを読んで愕然としました。妻は妻子ある男性と7年間にわたってかなり深い関係になっていた。問い詰めると、娘も不倫相手の子どもである可能性が高いということです。念のためのＤＮＡ鑑定の結果、僕の子どもではないことはほぼ確定的になりました。結果、離婚に至りましたが、子どもの養育費を払う必要はないですよね？」

この質問に「養育費を支払う必要があります」と答えれば、その先に待ち受けるのは驚きと怒りか。妻の不倫によって生まれた、自分とは血がつながらない子は、自分の子ではない。これは、むしろ一般的な感覚だろう。

ところが、法律は決してそうなってはいない。結婚している間に妻が身ごもった子どもの場合、生まれてから1年間に限って、夫の側から「この子は自分の子ではない」と裁判所に訴えることができる。けれど、その期間が過ぎると、誰が何といおうと、その子は旦那の子。その後、ＤＮＡという動かしがたい証拠が出ようと何が出ようと、決して変わらない事実として固定される。

親子関係というのは、「血のつながり」だけで決まるものではない。血縁を基礎にしながらも、「親になろうとする意思」を、親子関係を築く要素として、法律は想定していた。

法律と世の中の乖離

結婚というのは、単なる男女の愛の誓いではない。「家庭を築こう」という誓いには、多くの場合、この二人の親密な関係の中で子どもを生み育てていこうという含意がある。だから、結婚は大人二人の間の約束であると同時に、その間に生まれた子どもを愛情をかけて育てていこうという、まだ見ぬ我が子に対する誓いでもある。伴侶としての社会的な義務と責任を、結婚という意思の表明によって引き受ける。そして、子どもが生まれた後の1年間に異議を唱えないという夫の沈黙をもって、「この子を我が子として受け入れる」という黙示の了解とみなす。これが法律の基本的な構造だろう。

もちろん、夫の側からすると、取り違えならともかくとして、憎い浮気相手の子どもを育てるなんて嫌というのは、人情だろう。カッコウは、他の鳥の巣に卵を産みつける。産みつけられたオオヨシキリは、その卵を温め、自らを超えるくらい図体の大きなカッコウのヒナにせっせと餌を運ぶ。そんなお人好しぶりを、真似したいと思う人は少ない。

「堅く節操を守ることを約束します」という結婚の誓いが破られたのに、自分の子どもとして引き受けるという約束だけを、一方的に守る必要はないという考えもあろう。しかし、法律は、1年間の期限付きにすることで、子どもの親を固定して、その身分を安定させる道を選んだ。妻が約束を破ったとしても、生まれてきた罪のない子どもを、親のいない不安定な状態に陥れるわけにはいかないと。

おそらく、この法律の考え方と、社会の認識は合っていないのだろう。日本の法律は、明治の初期に、西欧の考え方を驚くべき速度で吸収して、急激な進化を遂げた。ゆっくりと変化する私たちの社会は、いまだこの法制度に追いついていない。親子の本質とは何か。血のつながりにあるのか、それとも親になろうとする意思にあるのか。これは、家族が多様化しつつある現在、社会が向き合っていくべき難しい課題だと思う。

自分ごととしてみると

生みの親か、育ての親かという冒頭の問いに戻ろう。

清水良太郎の父の清水アキラは、息子が覚せい剤使用で逮捕されて謝罪会見を開いた。それでも相当なバッシングを受けた。父でプロダクション社長の佐藤幸久が逮捕された際に、浅野忠信もホームページで謝罪を表明した。ところが、こちらには同情論はあっても責任を問う声はさほどない。こう考えると、社会は、「ＤＮＡが同じ」ことよりもむしろ、「育て方の責任」を問うているようにも見える。

あなたが精子や卵子を提供して、この世のどこかに顔も見たことがない、だけれどもあなたのＤＮＡをしっかりと受け継ぐ子どもがいたとする。そして、あなた自身は、養子であれ、精子や卵子の提供を受けた場合であれ、自分とは遺伝的なつながりのない子を育てていたとする。そんな想像はしたくないが、将来、もし仮に、その子がとんでもない悪者になってしまったとして、「親の顔が見てみたい」と責められたとき、どっちならまだ我慢できます？

顔も知らない血のつながった我が子か、この手で育てた血のつながらない我が子か――どちらの尻拭いなら、まだ納得できるのだろう。

親になったことはない私にはわからないところだけど、今のところ、私は、なんとなく自分の手で育てた子って気もするけどなぁ。

V

世のうねり

Social movement

木村花さんと「強い人」「弱い人」「繊細な人」

傷ましすぎる事件

木村花さんの急死は、多くの人に衝撃を与えた。オンライン上の誹謗中傷に法的な対処をすべきであるとの声があがっている。また、リアリティ番組のあり方を問う意見もある。

私は、木村花さんという方を存じ上げなかったのだけれど、「22歳」というはちきれんばかりの若さと、それにあまりに不釣り合いな「訃報」の見出しは、鮮明に印象に残った。

5月23日未明、インスタグラムで「愛してる、楽しく長生きしてね。ごめんね。」と猫と一緒に写る写真を投稿した後の急死であり、自宅からは硫化水素と遺書のようなメモが見つかったという（「産経新聞」２０２０年5月25日）。「テラスハウス」という人気リアリティ番組に出演している彼女について、その番組での映り方に批判が集まっていたのだという。

「毎日１００件近く率直な意見。
傷付いたのは否定できなかったから。
死ね、気持ち悪い、消えろ、今までずっと私が1番私に思ってました。
お母さん産んでくれてありがとう。
愛されたかった人生でした。
側で支えてくれたみんなありがとう。
大好きです。
弱い私でごめんなさい。」

と、花さんはツイートしている。自分のことを「弱い」と形容する彼女のことを、私はよくは知らない。だから、想像するしかないのだけれど、コロナによる緊急事態宣言でプロレスの試合もない中、家に一人ぽつねんと座り、携帯をスクロールして、延々と連なる誹謗中傷を眺めている姿を思い浮かべると、胸をぎゅっと締めつけられる。

サッカー元日本代表の本田圭佑選手は、23日の夜にツイッターを更新する。

「『誹謗中傷をする人へ』

弱い人を狙うな。

誹謗中傷はやるなって言ってもなくならないし、なのでやってもいいからちゃんと強い人を狙うこと。

『結論』

俺んところに来い。そして末長く誹謗中傷のプラットフォームとして使用してください。」

なるほど。そゆこと。木村花さんは「弱い人」だったのだろうか？　そして、木村花さんを誹謗中傷した人は「強い人」「弱い人」どっち側？

「弱い私」の精神的リストカット

私はメンタルが弱い。自分に対する批判にからきし弱い。「山口さん、お顔、テッカテカ」などとツイッターに書き込まれた日には、そんな顔をこともあろうに皆様にさらしてしまった悲しさで、最低1週間は落ち込む。

なので、若干獰猛なイメージのあるツイッター（↑思い込みかもしれないが）については、あまり見ないようにしている。

が、それでもなぜか「お顔、テッカテカ」と書き込まれたことを知っている。なぜって？ときどきものすごく落ち込む。番組でのコメントがうまく伝わっていないのではないか。リモート出演では発言のタイミングがうまくないのではないか。

そういうときに私はどうするか？　あろうことか、自分の名前を、あの苦手なツイッターで検索しはじめるのである。私レベルの知名度では、ポジティブコメントもネガティブコメントもさほどない。それにもかかわらず、そこから、自分を批判するコメントだけを、とめどなく探し続けることがある。やめられないのだ。

むかーし、ツイッターが今ほど普及していないときには、仕事で失敗した日に、アマゾンで自分が書いた本を検索して、星1つ又は2つの低評価のものだけをまとめて一気読みしたっけ。そういや、もっとずっと昔、大学生のとき、あれはなんで落ち込んでたんだっけ？　忘れたけれど。あのときは、ツイッターもアマゾンの普及もなくて、それでも私は2ちゃんねるに自分の悪口を見つけて、連々と読み続けたのだった。もうやめようと思ったけど、やめたほうがいいとわかってたけど、自分で自分を止められなかったの。

私は、これを「精神的リストカット」と名づけた。

心の傷を自ら開く。その痛みを確かめる。そこに自分自身の存在を確認する。

私はリストカットはしない。血とかカッターとかまじで怖いじゃん!!　でも、自分の心がまだ血を流すのを確認するというのも、似たような心理なのかもしれない。

私は、自分自身に診断を下す。

「あなたは、自己肯定感が低いのに、自己愛が強すぎる病」

自己肯定感が低いから、他人の目に自分がどう映るかを知ろうとあがく。自己嫌悪のときに、悪口を読むと、自分に対する憐れみすら抱くようになる。私って、かわいそうな「テッカテカ」野郎!! そして、その自己憐憫を餌にして、自己愛はさらに肥大化していく。ある程度の客観性は残している。自分のしていることは不健全なのだろうと思う。それでもやめられない。

「繊細な私」の痛みセンサー

長年、自分のそんな部分を語ることをとても恥ずかしく思っていた。「メンヘラ」「かまってちゃん」。そんな言葉が脳裏をぐるぐるまわる。本田圭佑さんは、自分を「強い人」に分類し、誹謗中傷に耐えられない人を「弱い人」に分類したのだろうか? だとしたら、私、絶対「弱い人」。強い人に憧れる。どうしたら、そうなれるのだろう?

緊急事態宣言でステイホーム（↑小池都知事って英語がお好きよね?）している中、私は西加奈子さんの『i《アイ》』（ポプラ文庫、2019年）を読んだ。主人公のアイはシリアから裕福な家庭に養子としてもらわれてきた子。父はダニエル、母は綾子。二人とも愛情あふれる人たちである。ダニエルは「正義の人。強い人。父が何かのことで思い悩んでいる姿を、アイはほとんど思い出すことが出来なかった」。対照的に、アイは、常に傷つき続けている。9・11のテロ事件、アフガニスタンへの空爆、シリアの悲劇——世界中の悲惨な事件が起こるたびに、アイは思う。「生き残ってしまった」と。なぜ彼らが亡くなったのだろう。なぜ私ではなかったのだろう。そして、それは心の中に罪悪感として残る。彼女はその罪悪感から解放されることにすら、罪悪感を抱く。世界中の悲劇から自分自身を切り離すことができない。

そして、ここから！　ここからが問題！

西さんはそんなアイを決して「弱い」とはいわない。「もどかしいほどに繊細」と表現するのである。さらに「アイは……繊細な子どもがおおむねそうであるように、非常に疑り深かった。どれほど両親に愛されても、その愛がどこで誕生するのか、どのような手続きを経てここにやってくるのかを、真実信じることが出来なかった」と続ける。

この言葉は胸に刺さった。

アイは、両親からあふれんばかりの愛を注がれていた。それでも、繊細な子どもは、第三者の視線を鋭敏に内在化する。父の親戚は「ダニエルのしたことを誇りに思う」と口にする。恵まれた両親は、慈善事業の一環として、シリアから養子をもらった。それは「誇り」に思うほど普通ではない決断なのだ。私は、本来、こちらの裕福な側にいられる人間ではない。それなのに、選ばれるべき他の誰かの権利を不当に奪って今ここにいる。この手のアイの思考回路は、もはや、いい悪いの問題ではなくて、彼女の性質の問題なのである。

　私は、長らく、自分が親に正当に愛されなかったのではないかという疑いを抱いていた。そんな疑念を恥ずかしいとも思った。両親からは、他人におすそ分けできるほどの愛情をもらった気がする。だが、それにしては驚くほど、私は自己肯定感が低かったのである。「妹のほうが、母のお気に入りなのではないか」という小さな疑惑に執念深くこだわったりした。で、私は『i』を読んで、悟りを得た。親に慈しまれなかったわけでは決してない。ただ単に、私が「非常に疑り深」かったのである。本当に愛されているのか、自分自身に愛される価値があるのかを疑う癖がつき、それが今でも、恋をするたびに相手を試す癖につながっている。

　だけど、それは私が弱いからではない。繊細に生まれただけなのである。その気づきは、私にとっては「赦《ゆる》し」にも感じられた。

　ネットの向こうで誹謗中傷を繰り返す人の中にも、繊細に生まれついてしまった人がいるかもしれない。それ自体はいい悪いの問題ではない。生まれつき強い人もいれば、生まれつき繊細な人もいるというくらいの、性質の問題にすぎない。私たちは弱いのではない。繊細なのである。そこに気づくのがとても重要なことだ。

　そうでなければ、自らの繊細さを弱さと感じ、強い人への強烈な憧れを持つことになる。だけどね、本田圭佑氏とかね、ダルビッシュ有氏とかね、ああいう生まれもっての強い人を、「鋼鉄のメンタル」なるものを、私たちが真似しちゃいけないのですよ（「鋼鉄のメンタル」は、奇しくも、木村花さんの母の響子さんが、ＳＮＳで暴力にさらされる娘の防波堤たらんとして、放った言葉でもある）。いや、すみません。圭佑氏も、ダルビッシュ氏も、脆いところも、傷つくこともももちろんあるんだと思うよ。鋼鉄のメンタルなんて決めつけるのはよくないけど。

　とにかく、生粋の繊細さんが、生まれもってのメンタル強靭族になろうなんて無理。そうしたい、でもできない。その思いはストレスとして体内に蓄積し、歪んだ正義感となって発揮され、誰かに刃を振るうのかもしれない。

　繊細な人は、その性質のまま、強くなることだってできるはずだ。強い人は、痛みに耐える力に優れている。一方、繊細な人は、痛みに対する感度が高い。それはまったく異なる才能である。痛みに無自覚な超人になろうとする必要はない。むしろ、自らのその精巧な「痛

み センサー」をとことんまで磨き上げ、自己ではなく他者の痛みを拾い、それを自らの痛みとして想像する。それが私たちの進むべき道。そうすることでのみ、私たちは強い人になれるのだろう。

ちょっと待って。この結論。超ナイーブ。現実主義と合理主義を貴ぶ36歳のキャリア女性がいうべきことじゃない。世間知らずの少女ですらいわない。気が弱い私は読み返す勇気もなく、一旦ここで退散させていただきます。

どこからセクハラ？
本音と建前の混在について

まぁ、そんなに目くじら立てるなよという人々

財務省の事務次官だった福田淳一氏が、セクハラ発言を理由として辞職することになった。続いて、ＴＯＫＩＯの山口達也「メンバー」も、女子高生にキスを迫ったことで、無期限謹慎に追い込まれ、契約解除となった。セクハラとそれに対する断罪が、ニュースとなって踊る。

これらのニュースは、私を不思議な気持ちにさせる。公に向かってもいえる建前と内輪だけの本音――社会がこの二つに激しく引き裂かれてしまったと思うのだ。

数年前のことだけれど、お友達のお家のホームパーティに行った。着くのが少し遅れたので、周囲はある程度お酒がまわって、盛り上がっていた。私は疲れていたので、あまり話す気力もなく、自然と聞き役にまわった。私の向かいに座った50代の男性は、セクハラについて持論を展開する。

「女っていうのは権力が好きなんだな、これが。お金が好きだって思われてるし、もちろんそういうのも多いけど、同時に権力も好きなんだよ。だから、地位のある男からのセクハラを嫌がるやつもいるけど、受け入れるのだって多い。多くの部下をあごで使うような男が、自分の性的な魅力に翻弄されるなんて、優越感をくすぐるじゃないか」

絶対に許すべきでないという人々

ところが、テレビのコメンテーターは、みんなそろって大いに批判する。TOKIOの山口氏と女子高生の間に何があったのかは知らないが、「(キスくらいで)無期限謹慎なんて、厳しすぎ」と綴られたデヴィ夫人の発言は、予想にたがわず大炎上した。

プライベートの場ではなんと評されようが、パブリックな立場でセクハラを擁護するのは、今や難しい。

オフィスとキャンパスでのセクハラにとても厳しくなったアメリカでは、現状は、「女性が嫌といえば、たとえ良好な恋愛関係だったとしても、遡ってアウト」と考えられている。

たとえば、これは本当にあった話。ある男子学生は、1年下の女子学生との間でお互いに好意を持ってデートを続けていた。しこたま泥酔したパーティの後に、男子学生の部屋になだれ込んだ両者は、そこで初めて関係を持つ。次の日、今度は、彼女を部屋まで送った彼は、もう一晩を一緒に過ごした。ところが、この関係が後になってモルモン教徒の親にばれて、彼女は激しく叱責される（↑モルモン教っていうのは、性的にはとても厳格だと聞く。斉藤由貴さんが信者の代表である日本では、そんなイメージが薄れてしまってるだけ）。

それで、彼女はこういうの。「私はレイプされた」と。そのときは合意していたとしても、ある時点で嫌だと思ったら、遡ってレイプと主張する。その際に、彼女はかつてのボーイフレンドに「あなたの人生を破滅させることだってできるんだから」といい放っている。

刑事犯罪と違って、大学での放校処分については、女性側への反対尋問権は保障されていない。だから、男子学生には、反論の権利はほとんどない。二人のメッセージのやり取りを見る限り、一度泥酔して関係を持った後にも、良好な関係が続いているように見える。本当に、その当時から、レイプされたと思っていたの？　男子学生から彼女に質問をする機会はないまま、彼には事実上の退学処分が下された。

これがクリーンを極めたアメリカの結論である。

#MeToo Movementとセクハラ

これほどセクハラに厳しいアメリカですら、自分に実際に起こったことを語るのは勇気がいる。#MeToo Movementの盛り上がりは、何十年もいえないくらいセクハラが重い問題であることを、改めて教えてくれる。そのように語られがちである。

だけど、果たして、アメリカは、歴史的に見てずっと、セクハラに厳しい国だったのだろうか？　本当にそうなのかなぁ。たぶん、私が思うに、アメリカの社会は右から左へと短い間に極めて極端に振れたのだ。

試しに、アメリカの１９８０年代のセクハラ訴訟の顛末《てんまつ》なんかを見ると、けっこうぎっくりびっくりである。日本では、人事権は人事課にある。あいつは気に食わんといっても、上司の一存でクビにはできない。ところが、アメリカの上司は気に食わなければクビにする権利を持っている。その力を背景に、強制的に何十回も性的関係を結ばされる事例が相次いだ。日本でも、工場長が何十人もの女工と強引に性的関係を結び、ときとして妊娠までさせたなんて女工哀史の時代があるけど、あれって１９２０年代の話なんでしょ？　少なくとも１９７０年代くらいまでのアメリカ社会は、女性差別という意味では、日本よりもよっぽどひどかったのではないかと、私は思っている。

ここ数十年でアメリカ社会は急速に変わった。だから、十年前にいえなかったことを、今、SNSで口にしているという側面もあるのかもね。ところで、これは、法律論からいうと、客観的証拠を収集しにくいうえに、被害者側の主張だけで加害者を社会的に抹殺してしまうという意味で、人権の観点からはやや問題があるように思う。ハーバード・ロースクールで最も左の女性教授ですら、この点は指摘している。

どこがちょうどよいラインなのか？

被害者が泣き寝入りするのはよくない。だからといって、被害者の主張だけで、セクハラをした許しがたい人間として、会社をクビになるのも怖い。いったいどこにセクハラの線を引くべきか？　社会は、今ここで二つに分かれている。

仲間内では、「女性記者もさぁ、取材対象に呼ばれたからって、夜にバーに行くやつもなぁ」なんていいながら、公共の場では「1対1で取材せざるをえないのだから、女性側に落ち度は一切ない」と賢しらに口にする。プライベートでの灰色な線引きと、パブリックでのクリーンな線引きと、ここには大きな開きがある。こういうダブルスタンダードに誰も納得しまい。

ここからは、私の極めて個人的な感想。被害者の落ち度にことさらに着目すべきでは決してないと思う。一方、一切の落ち度がない聖女のように描くことにも、私は反対する。たとえば、セクハラを受けた経験を思い出すとき、私は、同時に後ろめたさも覚える。年配の男性にごはんに誘われたとき、私は彼が純粋に私の経験を聞きたいと切望していると信じ切っていたのか。彼より20歳も若い私の意見は、それほどまでに聞く価値がある大局観を持っているのだろうか。彼が私に対して、多少なりともセクシャルな好意を持っていると想定すらしないのなら、私は相当ナイーブだということになる。

そう思うと、私は自分も共犯者のように思えてくる。その思いが、私の後ろめたさの根源だと思う。だから、セクハラは恥ずかしいし、後ろ暗いし、告発しにくいのだ。

もし、私がセクハラを告発したとしますよ。「そんなことに後ろめたさを感じる必要なんてなかったんだよ」と、心ある人たちは、慰めてくれるのだろう。でもね、たぶん、そう言葉にする誰かさんの顔には「君にも隙はあった」っていう、内心の思いがにじむと思う。っていうか、私が自分自身をそう思っちゃうし。だから絶対に #MeToo なんて、私、言い出せないわ、という感覚がある。

個人攻撃で終わらせていいの？

ここだけははっきりいいたいが、私はセクハラ被害者の落ち度を話したいわけでは、絶対にない。それだけはいいたくない。そんなことじゃない。

個別の事情や気持ちなんてまったくわからないし、それを勘ぐるべきではない。財務省のセクハラ問題の件、もしそこに、特ダネを取ろうという記者としての功名心や、この記事を公表してやろうという復讐心が、多少なりとも混じったとしても、だからなんだといいたい。被害者が聖女である必要なんてまったくない。

と同時に、これはまだ慎重な検討が必要なところだから、声を潜めて発言したいのだけど。セクハラに関する社会のコードが明確に確立する前に、「ここまではいいだろう」という旧時代の感覚に従って、相手の嫌悪感に無頓着になっていた下品で有害な男を、その愚かさゆえに、ことさらに重く処罰する。それで終わらせるっていうのもなんだかなぁと、私は思う。公開処刑を見て、自分は引っかからなくてよかったと日々の幸せを確認するなんて、小市民的じゃん？

法律的には、刑罰を受ける前提として、「ここまではＯＫ、ここから先はアウト」というラインが明確に引かれていなくてはならない。ところが、セクハラにおいては、このラインがきわめて曖昧。世の中の空気感で、社会的に抹殺されるというきわめて重い制裁を受ける。これは公平なのだろうか。

セクハラに関する訴えを、勇気ある女性の地位ある男への胸のすくリベンジとして終わらせてはいけない。被害者・加害者の人格に関する個人的な興味、そういうゴシップを消費しつくして、喉の渇きが癒される。すると、私たちは日常へと戻っていく。誰もこんなニュースに関心を持たなくなる。だけど……。

ある程度いいじゃん的な本音と、どこまでもクリーンであるべきという建前の二つのセクハラのラインは、大きく引き裂かれたまま。私たちがすべきことは、この間のどこが、社会にとってリアルに守ることができる線なのかを、時間をかけて話し合うことではないか。正論で社会の隅々まで照らすのは、社会に無理を強い、どこかでバックラッシュが生じる。どこに線を引けるのか――一筋縄ではいかないこの問題を、これをきっかけにゆっくりしっかり話しはじめなくてはならない。

日本の地雷を踏み抜いた「あたしおかあさんだから」

のぶみ氏の「反論」が共感を得られなかった理由

「あたしおかあさんだから」という歌の歌詞が炎上したそうだ。

絵本作家ののぶみ氏という男性が作詞したその内容は、独身時代には、洋服にお金を使い、ネイルに時間を使い、そうやって夜まで遊んでいた女性が、母親になって、自分よりも子どもを最優先にする様が描かれている。長く伸ばしていたネイルを短く切りそろえ、ヒールの高い靴を走れる靴に替える。そうやって、自分のことを二の次にして、何もかもを捧げ尽くして、「それ全部よりおかあさんになれてよかった」と結ぶ。

この歌詞への批判には、①実際に母がそれだけの自己犠牲を強いられているのか、②自己犠牲を美徳とすること自体が母親を縛る「呪い」になるのではないか、③自分のことだけを考えているというのは独身女性をバカにしているのではないかという、3通りがあると分析される。

これは「ステレオタイプ」とそれに対する批判の典型である。独身女性は自分が第一で、母親は子どもが第一、かつ、そこはかとなく漂う、母になるのが一番の幸せ的なこの感じ。さらに、子育て場面のどこにも登場しない父親。これでもかというほどちりばめられた「ステレオタイプ」が、それを聴く人に押しつけのような不快感を与えたのだろう。

ところで、作詞をしたのぶみさんは「おかあさんたちってこうなんでしょって想像で決め付けて書いてることは、一つもないよ　取材して書いてるので（*ー*）」と反論する。

まぁ、それはそうなんでしょうね。この歌の中に「あたしおかあさんだから大好きなおかずあげるの」という部分があるけど、この間、友達と話していたら、その子も、家族でお寿司を一人前ずつ頼むときに、当然のように自分の好きなイクラをお母さんからもらってたっていってたし。少なくとも、この歌詞は、一定の母たちの一面の真実を反映しているのだろう。いや、多くの母の相当な現実かも。

だけど、これは「ステレオタイプ」問題の批判に対する反論としては、ちょっとすれ違っちゃってる。

悪意もなく配慮もない賛美は、やがて誰かを圧迫する

どれほど多くの人に当てはまるにしろ、いや当てはまるからこそ、「母親とはこういうもの」という「型」を提示するのは間違っている――これがステレオタイプ問題の基本にある。「普通の母親はこう」という、マジョリティの悪意もなく、それゆえに配慮もない賛美は、そうでない者への圧迫となる。

「母は子どものそばにいる」「父は外で稼いでくる」

そういう家族像はひとつの「規範」となって、ほんとは必ずしもそうでないかもしれない個人を、特定の「型」へと押し込める。そして、それに沿えない者に罪悪感を与える。

２０１３年に自民党が打ち出した「3年間抱っこし放題」も、仕事復帰するよりも子どもを抱っこしてたいでしょっていう、特定の考えを押しつけられることに、違和感を持った人が多かったようだ。「私作る人、僕食べる人」というハウス食品のラーメンのコマーシャルが、反発から2か月で放送中止に追い込まれたのは１９７５年。40年以上経っても、イメージの押しつけというステレオタイプの問題は消えそうにない。

お母さんがごはんを作ってる家庭が現実には多いという反論は、この場合にはさほど意味を持たない。いろんな家庭があるはずなのに、「お母さんってこういうもの」というカテゴ

リーで括ってしまった時点で、「ステレオタイプ」なの。それが多数派であるほど、少数者への圧迫になるでしょ。

もっとも、この世の中はステレオタイプに満ちている。「ハイスペ女子」だって、高学歴の女性ってこんな感じっていうのを下に敷いているし。それなのに、世の中には炎上するものとそうでないものがある。

ステレオタイプは自分の中の差別意識を映す鏡

「あたしおかあさんだから」は、もしかしたら、日本社会の何かの地雷を踏んだのかもしれないと、私は思う。どの社会にも、踏んではいけない地雷があるはずなのだ。そして、そこには歴史と文化と感情がドロドロに絡んでいるはずなのだ。

日本社会を分断しうる、このマグマというのが、長らく、明確ではなかった。もしかしたら、こういうところにあったのかもしれない。母が職場に子どもを連れていくべきか否かに関するアグネス論争が大炎上してから30年、「お母さん」はどうあるべきかという問題は、いまだに私たちの心を捉えて離さないらしい。

作詞したのぶみさんを謝罪に追い込んだのは正しかったのかどうか。この歌詞自体が「男目線」と批判されていたけど、別に彼独自の切り取り方ではないだろう。いや、それだったら私たちはこんなにぞわぞわしないはずだ。

ステレオタイプの問題点は、それが社会に共有された感覚だというところにこそ、存在する。自分の中にも、同じ固定観念がある。自分の差別意識を見つけると不快になるから、他人を攻撃したくなる。私も、男女差別とか、学歴差別とか、いろんなものを自分の中に見つけるのって心底ゾッとする。この手の問題を清算するなら、自分の内側と向き合って、それから社会へと問いかけを広げていかなきゃいけないんだろうけどね、自戒を込めて。

勝間和代さんのカミングアウトに思うこと

大上段に振りかざした正義のお相手は

　勝間和代さんが、女性を好きになるという自分の性的志向についてカミングアウトされた。まずは純粋に敬意を表したい。勝間さんほどのパブリックフィギュアであっても、こういう非常にデリケートな告白は、緊張したに違いない。ただ、その後に相次ぐ賛辞のまぶしさに、私の気持ちは少しだけ引いていく。

　さて、はじめにここだけはきちんとしておきたいのだけど、私はＬＧＢＴＱ＋の方々が、自由に人生を謳歌できる社会がいいと心から思っている。

　私が違和感を覚えたのは、「私はＬＧＢＴＱ＋を応援してます」的なメッセージを、勝間さんを個人的に知る人々がみんなに向かって発する必要が果たしてあるのかというところだ。個別に賛辞を贈るっていうのじゃ、足りないのかな？　誰もさほど反対しないであろう意見を、あえて世間に向かってばらまくことは、それでもやっぱり必要なのかな？

確かに、アメリカにおいては、近年、ゲイの権利に関する運動とその成果が著しい。その金字塔ともいえるのが、同性婚を高らかに宣言した２０１５年の連邦最高裁の判決だ。この争いの背景にあるのは宗教問題であろう。全体的に日本よりもずっと信心深いアメリカの中でも、特に一部のキリスト教徒は私たちの感覚だと狂信的ですらある。彼らにとって、同性愛は、神の説く自然に反するものとして激しい憎悪の対象となってきた。警察が個人の家にまで押し入って、性交渉にいそしむ男二人を逮捕する国ですよ。ほっといてほしいよね？ゲイの権利が持ち上げられるようになった昨今でも、宗教上の理由からゲイカップルには絶対にウェディングケーキを売りたくないといった店主の自由が、連邦最高裁によって認められた。つまり、神の国アメリカでは、一部の狂信的なキリスト教徒が、明確にＬＧＢＴＱ＋の「敵」として存在している。だから、彼らは闘い続ける必要がある。

翻って日本のこの手の問題に関する扱いはどうだろう。「おネエ系」にカミングアウトさせようとするテレビ番組を観ると、デリカシーの欠如から一歩進んで、そこはかとない悪意すら感じてしまう。確かに、多数派から外れるものを、からかい、ときにはあざ笑って生きにくい世の中にしてしまったという反省はある。

だが、日本でいうところの差別の空気感と、信仰を背景とした特定の勢力による暴力的な憎しみというアメリカの状況とは、ちょっと違う気がする。だって、アメリカは、中絶手術を提供する医師を殺す人が存在し、それに賛同する宗教の指導者が存在する超過激な国ですよ？　逆に、曖昧な日本の私たちの場合、闘わなきゃいけないのは、一部の過激な勢力という「明確な相手」ではなく、むしろ、「全体として漂う曖昧な悪意」ではないか。くっきりとした輪郭を持たない対象と、私たちは対峙する必要がある。

でもだからといって、カミングアウトについて公にポジティブなメッセージを送り続ければ、日本のこの問題は解決するのだろうか。自分たちが「正義」と思うメッセージをキラキラと世の中に送り出し、その眩《まばゆ》さで世界を照らしまくったら、地上にあふれる光は人の心の中の差別意識を折伏《しゃくぶく》するわけ？　その正義のドヤ顔は逆に差別を闇に潜らせるだけだろう。

ねぇ、その大上段まで振り上げた正義で、本当はいったい何と闘っているの？

全体主義と同調圧力

つまり、日本の問題点というのは、マジョリティ側にいたい集団が、自分と違う意見を排除することにあるのではないか。しかもたちの悪いことに、そこに正義の看板がかかると、その同調圧力は強度の抑圧をはらむ。多数が思う「正義」から外れた人を吊るし上げることで、まわりとの一体感を味わおうとする。「俺らって正しいよね？　庶民の敵を成敗するのは正義だよね？」的連帯感。仲間外れを作ることで、まとまろうとする女子グループ的な心境は、社会の中に広がっている。こうした空気感の中で、少数意見なるものは全体主義の大きなうねりにのまれていく。

たとえば、日大アメフト部の問題が連日騒がれていたけど、こういう状況で、内田前監督とか、井上前コーチとか、日大とかを多少なりともかばうようなことでもいってみた日には、まわりから「内田の身代わり」とばかりにぼこぼこにされるみたいな。いや、かばってすらいなくても、周囲よりも「叩き」加減が緩ければ、それだけで非国民ってされちゃうみたいな。まわりとおんなじテンションでいないと、浮いちゃうでしょ？

財務省批判のときだって、私は驚いたのだ。証人喚問の場合、刑事被疑者ならば当然認められているような完全なる黙秘権が保障されていない。普通は、最初っから最後まで理由も告げずにずっとダンマリでもいいんだけど、刑事訴追のおそれがある事実についてのみ、理由を明示して証言を拒否しなければならない。となると、「あー、そこが核心なんだね」ってばれちゃう。他の刑事被疑者に比べて黙秘権の側面から不利なのが証人喚問である（ちなみに、結局、不起訴になったんだから、あのときしゃべっても問題なかったじゃんとか、今から話せっていうのは、この文脈とはちょっと別の議論だと思う）。

　これは、法律家ならば共有できる知識で、特にどっちのバイアスもないと思ってたんだけど。そんな雰囲気のことをぽろっといってしまったら、「財務省の傀儡《かいらい》」として私が攻撃されるわけでしょ？　周囲とテンションが異なる人を徹底的に排除していく——これが日本の問題点だろう。

　でね、確かにＬＧＢＴＱ＋はマイノリティの問題なのかもしれないと思うわけ。でもね、ＬＧＢＴＱ＋のスタイルを尊重する人ってくくりにすると、少なくとも私のまわりでは賛同派が圧倒的に多数になってくる。都会に住む30代ってことで「意識高い」系が多いのかもしれないけど、前に橋下徹さんとお話ししたときに、なんとなく保守っぽい彼も「全然いいじゃん」っていっていたから、まぁそういう時代なんだろうと。

　結局、私がいいたいのは自分がマジョリティの側にいるときに、ことさらにそれを表明する必要があるのだろうかということ。マジョリティが「正しい意見」をまき散らすと、逆に、それに反対することを表立っていえなくなって、差別がより深いところに潜ってしまうと思うんだよね。多くの人が正義と思うことを堂々と述べるのも大事だけど、多くの人が正義と思ったことと、違うことをいえるのも大事ではないか。そうすると、自分と違う意見とも、それなりに同じ土俵で何かを交換できるような。

テレビではコメンテーターがこういっていた。

「勝間さんのカミングアウトはよい。だが、こういうプライベートの問題を金もうけに結びつけてほしくない」

そんなの無理じゃないかと思う。勝間さんほどのパブリックフィギュアならば、このカミングアウトによって、今度はそちら関係の講演依頼も増えるだろう。出版依頼もあるかもしれない。そこで仕事をしてその分の対価をもらうなというのも、逆に、おかしな話だろう。この手のセクシャリティの話は、プライベートとパブリックを分けるのが極めて困難ではないか。

だが、もし、プライベートをビジネスにしていると彼女が批判されることが、今後、仮にでもあれば、彼女を応援する人が少数になりそうなときほど、私たちは声を上げなきゃいけないんだと思う。

ときとして勇気がなくなる自分への自戒を込めて。

ボビー・オロゴン容疑者の妻が「弱い者いじめ」と語ったことの大きさ

テレビの前での告白

ボビー・オロゴン容疑者が、逮捕された。自宅で妻の顔を叩くという暴行容疑のようだ。ボビー容疑者と妻の話には開きはあるものの、大きなけがは負わせていないとのことだった。まだ詳細がわからないが、これを夫婦喧嘩のように扱う報道に対し、私はやや違和感を覚えた。

これは対等な関係での諍《いさか》いなのか。家族という閉ざされた空間において、夫婦という親密な関係の中で、長い間、逃げ場のない攻撃にさらされていたのだとしたら……。それは相当深刻な問題なのではないかと思う。

たとえば、アメリカでは、１９７０年代から80年代にかけて、バタードウーマン症候群という概念が広まった。パートナーから、長年にわたって精神的・物理的に虐げられ続けた女性について、客観的な視点をひとまずおいておいて、彼女の目から物事を捉え直そうという考えだ。たとえば、夫がちょっと体を動かしただけで、彼女はびくっと震えるかもしれない。彼が眠っている間すら、彼女は怯えているかもしれない。はた目には「そんなこと」に思えることでも、長年の「経験」に裏づけられて、彼女の恐怖のスイッチが作動することもあるのだと。

ボビー容疑者が現行犯逮捕された後に、自宅から出てきた妻は「一言だけ話をさせてもらっていいでしょうか」と切り出して、「長年、夫からはさまざまなDVを受けてきました。それは家庭内という狭い空間でまるで弱い者いじめをされているような状態です」と語ったという。ボビー容疑者と妻の話に開きがあるとの報道は、どちらも主観的には事実なのかもしれない。ボビー容疑者には些細《ささい》なことでも、妻にとっては耐え難い恐怖になることも、十分にありえる。

で、私は、そのとき思った。妻の語ることが事実だとして、自分が「弱い者いじめ」をされてきたという認識に至り、それを外に向けていえるというのは、なかなかすごいことだろうと。

「弱い者いじめ」をされる側の視点

　私は角田光代さんの小説がとても好きである。中でも、恋人から一方的に別れを突きつけられて、留学から帰ってきた数年前の私は、『私のなかの彼女』（新潮文庫、２０１６年）に目を開かされた。主人公の和歌は、栃木から上京してきて大学で出会った仙太郎と付き合っている。仙太郎は、イラストレーターで、まわりとは少し違ったセンスありげな作品でバブル期にマスコミの寵児《ちょうじ》となっている。「なにも知らない」和歌にとって、仙太郎はキラキラした世界を垣間見せてくれる人。仙太郎との結婚に憧れる和歌は、仙太郎からはのらりくらりとかわされている。とあるきっかけで、和歌は、小説を書くことに目覚める。掃除も洗濯も料理もなにもせずに、書きたいという衝動に突き動かされるように、書いて書いて書いて、賞を受賞する。

　私が、一番、印象に残っているのは、仙太郎から和歌への言葉の数々。仙太郎は、一見、物分かりがよく、和歌に乱暴な言葉を吐くというわけでもない。だが、小説に打ち込もうとしている彼女に、君がいかに素養がなく、いかに才能がなく、いかにちっぽけなことをしているかを、なにかにつけて口にする。別れた後も、和歌は、心の中に散らばった言葉のかけらを決して忘れることがなかった。ずっと経った後に再会した仙太郎に「なぜそんなことを言ったのか」と、和歌が問う場面がある。なんと、仙太郎は、彼女の心の中に澱《おり》のように沈殿しているあの言葉たちを、なにひとつ覚えていなかったのだ。

私は、この部分を読んで、もうビビビッとするくらいの衝撃を受けた。

私は、仕事ができない……。とにかく段取りが悪い。その当時、付き合ったのはとても優しい人だったが、彼は「勉強はできるけど仕事はできない」と、ことあるごとに繰り返した。

私は、男にモテない……。これも、当時、付き合った男性に冗談めかしていわれたことだった。「ほかにもいろいろ選べるけど、まゆちゃんと付き合ってあげている」と。「東大首席タイプと付き合いたい男なんか、ほかにいないよ」と。

本当に仕事ができないのか。本当に人気がないのか。いや、ないだろ、確かに。でも、本当にそうだったのだろうかと思ってしまう。二人しかいない空間で、日常的に同じことを繰り返される。そのうち、私が思い描く自分が正しいのか、彼が見ている私が正しいのか、混乱するようになる。そして、いつからか、私は、彼の視点から私自身を眺め、彼の評価によって私自身を評価するようになっていたのではないか。私のモノサシは、いつからか、彼の視線によって侵されていたのではないかと。そして、彼自身は、そのことに驚くほど無自覚だったと。

これはバタードウーマン症候群でも同じかもしれない。もっといえば男女問わないことだと思う。実際、今は、バタード〝パーソン〟症候群というようだ。家庭という閉じた空間の中で「私はこれだけ働いているのに、あなたはなにもしない」と繰り返される。そうすると、相手を大きく、自分を小さく描くようになっていくかもしれない。昔、DV旦那を殺してしまった女性の証言を読んでいて驚いたことがあった。「怒り出すと手が付けられない、恐ろしい人」という彼女の叙述から、筋骨隆々の体格のいい男性を思い描いていたが、その女性の父親の証言を読めば「ひょろっとした気の小さい男性」とのこと。この落差っていったい何？　で、長く続く関係の中で、相手の影響で自分の主観が侵されて、客観的な事実を認識できないこともあるのではないかと思ったのだ。

　だから、ボビー容疑者の妻が、自分は「弱い者いじめ」をされていると、報道陣を前に言い切るのは、なかなか大したことである。客観的な事実はどうあれ、少なくとも、この人の主観は完全には侵されていない。私は不当な扱いを受けていると認識している人は、最後の一線で留まっているのかもしれない。

「弱い者いじめ」をする側の視点

　さて、角田光代さんは『坂の途中の家』（朝日新聞出版、２０１６年）という小説も書いている。専業主婦の里沙子が補充裁判員に選ばれて、乳児虐待事件を担当することになる。夫は、残業や飲み会で遅くなることはあるものの、早く帰ってきたときには娘をお風呂に入れてくれる温厚な人だ。だが、他の裁判員と話し、事件を自分なりに考えて、それを表現しようとしはじめる妻に、夫は繰り返す。君は補欠なんだから。君は知識がないのだから。裁判員なんて一時のこと、君がいるべき場所は家庭、だから、そんなに一生懸命になる必要はない……。

ここまでは『私のなかの彼女』とさほど変わらない展開。衝撃を受けたのは、最後のほう。本を読むつもりの方は、ここから先はスキップしてください。

里沙子は気づくのだ。これが彼なりの愛し方であると。かわいくてたまらないものを、彼は自分と暮らす家の中に閉じ込めておきたかった。そうやって守り、そうやって愛おしむ。家庭の外に興味を持ちはじめた彼女に、君はなにもわかっていないと諭して、家に縛りつけようとする。外の世界に羽を伸ばした彼女が、夫である自分自身を相対化しようとする恐怖がそうさせるのかもしれない。「私の夫は確かに一生懸命に働いているけれど、人と比べてみれば、世間的に見てものすごく仕事ができるというわけでもない」なんて、妻が客観的に夫を評価しだしたら。彼は絶対的な保護者の地位から滑り落ちてしまう。

私は仕事ができない。私はモテない。私に向かって、そう何度も繰り返した彼は、私のことをとてもかわいいと思っていたのかもしれない。自分との関係の中だけに閉じ込めておきたいほどに。そう気づいたとき、私は何かが腑に落ちた。

多くの人は自分に対する健全な自信を持てずにいるのだ。だから、持て余すほどの愛情は、ときに相手を縛りつける方向に向かう。

そういう関係のただなかにいる人にとっては、その気づきは何の解決にもならないだろう。相手も弱いと理解したからといって、相手の愛情表現の仕方を変えることはできない。相手に健全な自信を持たせてあげたいなんて考えたら、よけい泥沼にはまっていく。暴力や暴言を含む関係はもちろん、いわゆるモラハラっぽい関係は、終わらせるしかないのだろうと思う。そう簡単なことじゃないけど。

でも、過去にそういう人間関係があって、そのときにかけられた言葉が今でも心のどこかに残っているという人なら……。「へー。あの人はそれほどまでに私のことがかわいかったのだ」と思ったとき、私は少しだけ、その言葉の呪縛から自由になれたような気がした。

あとがき

東京大学法学部を卒業して、財務省や法律事務所に勤めた私は、32歳のときにハーバード・ロースクールに留学した。日本で生まれて32年間、学生時代にはさほど感じなかったモヤモヤを、社会に出てからは年々強く感じるようになっていた。そんな自分をリセットしたいという気持ちを込めて、30代の挑戦である。

そのロースクールでの最初の授業が「家族法」だったのだ。もともと興味があったわけでは決してない。弁護士をしていたときにも、結婚とか親子とか家族の法律なんて扱ったこともなかった。たまたま、その曜日が空いていたという理由でとってみた家族法の授業。それからの2時間、私は息をすることさえ忘れて聞きほれた。

どうして「結婚するのが普通」みたいな価値観があるの？　どうして結婚してから子どもを産むべきってなってるの？　どうして離婚のときに財産を半分にするの？　どうして似たようなキャリアの夫婦でも女性が子育てすることが多い

の？

言葉にできなかったモヤモヤを多くの人が表現しようとしている。答えが出ないモヤモヤを、しかし、多くの人が考え続けている。モヤモヤを認識して、それを思考する――このプロセス自体をなによりも貴んでいる人々がいる。

そのときの感動を、私は今でも忘れることができない。じんわりと涙が出てくるくらい、本当にうれしかったのである。隣に座ってるロースクール生はちょっと引いちゃったかもしれないけど。

これまでの37年間、私は一生懸命に生きてきたつもりである。それでもちゃんと結婚して、ちゃんと子どもを産んで、そういうちゃんとした人生を歩んでこられなかったというのが、私の大きなコンプレックスだった。いつも考えすぎる。いつも気にしすぎる。恋に落ちるという自分の主観を、上から客観的に眺める私がいる。この顔で、このキャラで、恋をするなんて恥ずかしいと思ってしまう自分がいる。私がこう感じるという主観と、私はこう見られているという客観がいつも喧嘩している。だから、仕事に突っ走ることも、恋に生きることもできないまま、宙ぶらりんで、悶々とする。

でも、家族法の授業を聞きながら、そんな私が丸ごと肯定されているような気持ちになった。結婚とか親子とか、世の中の価値観に疑問を感じるのは、あなたが研ぎ澄まされた直感の持ち主だからよ。「これが普通」という世の中の流れにうまく乗っていけないのは、あなたが自分の思い込みと闘おうとする知性の持ち主だからよ。そして、モヤモヤするのは誠実なことよ。世の中はとても複雑。だからこそ、自分の経験だけですべてを知ったつもりになってはいけない。モヤモヤするっていうのは、要するに、あなたが世の中の複雑さに気づいているということ。そして、それに向き合おうとしているということ。だから、だいじょうぶ。なんの答えもないまま、割り切れないまま、悶々と考え続ける。それがあなたの人生だとして、それはとっても真っ当な生き方です。

そうやって背中を押されたような気がした私は、家族法をとり、フェミニズムをとり、そして、のめり込んだ。フェミニズムの権威たちから紡ぎ出されるすべての言葉に熱量を感じる。彼女の生き方。彼女の葛藤。彼女の悔しさ。私が通っているこの道は、いつか誰かが歩んだ道であり、そして、これから誰かが駆けぬけていく道なのだろう。連綿と続くこのモヤモヤのバトンを私も誰かに渡すことはできないだろうか。

そう思って、私は帰国後も大学院で家族法を勉強し、今も研究を続けている。

そして、自分のどうしようもない経験を振り返ってみましょうとばかりに、主観と客観を織り交ぜて書きはじめたのが幻冬舎plusの連載であり、それをまとめたのがこの本である。

この本は、小難しいことは抜きにして、かるーく読んでいただけるようにということで、編集者の相馬さんとも相談して厳選したもの。だから、断腸の思いで削った話もたくさんある。それをいつか皆さんに披露させていただけたらこれほどうれしいことはないし、また、もしこれをきっかけにモヤモヤを考える学問に興味を持っていただけたら、それこそ、天にも昇る気持ちである。

装画　MARUU
ブックデザイン　山本知香子

高学歴エリート女はダメですか

2020年8月25日　第1刷発行

著　者　山口真由
発行人　見城 徹
編集人　福島広司
編集者　相馬裕子

発行所　株式会社 幻冬舎
〒151-0051 東京都渋谷区千駄ヶ谷4-9-7

電話　03(5411)6211(編集)
　　　03(5411)6222(営業)
　　　振替 00120-8-767643
印刷・製本所　株式会社 光邦

検印廃止

Printed in Japan
ISBN978-4-344-03612-3 C0095
幻冬舎ホームページアドレス https://www.gentosha.co.jp/

この本に関するご意見・ご感想をメールで
お寄せいただく場合は、
comment@gentosha.co.jp まで。

JASRAC 出 2006658-001